Escalofríos

El espantapájaros camina a la medianoche

Traducción
Claudia Rengifo L.

GRUPO
EDITORIAL
norma

Barcelona, Bogotá, Buenos Aires, Caracas, Guatemala,
México, Miami, Panamá, Quito, San José, San Juan,
San Salvador, Santiago de Chile.

Título original en inglés:
GOOSEBUMPS 20
THE SCARECROW WALKS AT MIDNIGHT
de R.L. Stine

Una publicación de Scholastic Inc.
APPLE PAPERBACKS
555 Broadway, New York, NY 10012, U.S.A.
Copyright © 1992 by The Parachute Press Inc.
All rights reserved. Published by arrangement with
Scholastic Inc. GOOSEBUMPS and ESCALOFRÍOS and logos
are registered trademarks
of Parachute Press, Inc.

Copyright © 1996 para México y América Latina por
Editorial Norma S.A. Apartado Aéreo 53550, Bogotá, Colombia.

Impreso por Cargraphics S. A. — Imprelibros
Impreso en Colombia — Printed in Colombia
Agosto de 1996

Edición, María Candelaria Posada
Dirección de arte, María Clara Salazar

A Parachute Press Book
ISBN: 958-04-3444-1

1

—Oye, Jodie, ¡espera un momento!

Me di vuelta y entrecerré los ojos ante la brillante luz del sol. Mi hermano Mark, todavía estaba en la plataforma de la estación. El tren había empezado a traquetear y lo pude ver alejarse, serpenteando a través de las verdes praderas.

Miré a Stanley, el empleado de la finca de mis abuelos. Él permanecía junto a mí, cargando nuestras dos maletas.

—Busca en el diccionario la palabra "tortuga", y verás la foto de Mark —dije.

Stanley sonrió. —Me gusta el diccionario, Jodie —dijo—. Algunas veces lo leo durante horas.

—Oye, Mark, ¡apresúrate! —grité—. Pero él se tomaba su tiempo, caminando despacio, andaba en las nubes, como de costumbre.

Me sacudí el cabello por detrás de los hombros y miré a Stanley. Mark y yo no habíamos vuelto a la finca desde hacía un año. Pero Stanley seguía igual.

Es tan flaco "como un fideo" mi abuelita siempre decía. Sus overoles parecían ser siempre cinco tallas más grandes.

Stanley tiene cuarenta o cuarenta y cinco años, creo. Lleva su cabello oscuro muy corto, casi rapado. Sus orejas son enormes. Sobresalen mucho y siempre están rojas. Tiene unos grandes y redondos ojos cafés, que me recuerdan los ojos de un cachorro.

Stanley no es muy inteligente. Mi abuelito Kurt siempre dice que Stanley no trabaja con las pilas puestas.

Pero a Mark y a mí realmente nos agrada. Es calmado, gentil y amigable, y siempre tiene cosas asombrosas para mostrarnos cuando vamos a la finca.

—Te ves bonita, Jodie —dijo Stanley, y sus mejillas se enrojecieron tanto como sus orejas—. ¿Cuántos años tienes?

—Doce —contesté—, y Mark once.

Él se quedó pensando. —Eso suma ventitrés —dijo en broma.

Ambos reímos. ¡Nunca sabes lo que Stanley va a decir!

—Creo que pisé algo asqueroso —dijo Mark, alcanzándonos.

Yo siempre sé lo que Mark va a decir. Mi hermano sólo sabe tres palabras: en la onda, raro y asqueroso: Es verdad. Es todo su vocabulario.

Para hacerle una broma, le regalé un diccionario en su último cumpleaños.

—Eres rara —dijo Mark, cuando se lo entregué, qué regalo tan asqueroso.

Caminaba arrastrando sus tenis de bota en el suelo mientras seguíamos a Stanley hacia la destartalada camioneta roja.

—Cárgame la mochila —dijo Mark, tratando de acomodármela.

—De ninguna manera —le dije—. Llévala tú mismo.

En la mochila llevaba su *walkman*, aproximadamente treinta casetes, revistas de historietas, su juego *Game Boy*, y por lo menos cincuenta cartuchos de juegos. Yo sabía que planeaba pasar todo el mes tendido en la hamaca bajo el cobertizo que queda en la parte trasera de la casa, escuchando música y jugando con su video.

Bien. . .¡imposible!

Mamá y papá dijeron que mi trabajo consistía en hacer que Mark saliera y se divirtiera en la finca. Vivíamos encerrados en la ciudad durante todo el año. Por eso, ellos nos enviaban a visitar a los abuelos Kurt y Miriam durante un mes, cada año, para disfrutar de la naturaleza.

Nos detuvimos junto a la camioneta, mientras que Stanley buscaba la llave entre los bolsillos de su overol.

—Va a hacer bastante calor hoy —dijo Stanley—, a menos que refresque.

Un típico informe meteorológico de Stanley.

Yo contemplaba los verdes prados que se extendían más allá del pequeño estacionamiento del terminal del

7

tren. Miles de copos blancos flotando contra el cielo azul.

¡Era tan hermoso!

Naturalmente, estornudé.

Me encanta visitar la finca de mis abuelos. Mi único problema es que soy alérgica a casi todo lo que hay allí.

De manera que mi madre me empaca varios frascos de medicamentos para mi alergia, y también grandes cantidades de pañuelos.

—¡Salud! —dijo Stanley. Puso nuestras maletas en la parte trasera de la camioneta. Mark también puso allí su mochila.

—¿Puedo irme atrás? —preguntó. Le fascina tenderse en el platón, mirando al cielo y brincando brincando como un costal.

Stanley conduce terrible. Parece que no pudiera concentrarse en el timón e ir a la velocidad correcta al mismo tiempo. Por eso siempre anda haciendo giros bruscos y metiéndose en los huecos.

Mark se subió al platón y se estiró junto a las maletas. Yo me subí en la cabina, junto a Stanley.

Un rato después estábamos brincando y serpenteando por el angosto camino que conducía a la finca. Observaba los verdes campos y las casas a través de la ventana polvorienta. Todo se veía tan verde y maravilloso.

Stanley manejaba con las dos manos, agarrando fuertemente el timón. Se sentaba erguido, inclinado hacia el timón, mirando en frente a través del parabrisas, sin parpadear.

—El señor Mortimer ya no cultiva en su finca —dijo, levantando una mano para señalar la casa blanca y grande, en la cima de la colina.

—¿Por qué no? —pregunté.

—Porque murió —contestó Stanley solemnemente.

¿Recuerdan mis palabras? Nunca se sabe lo que Stanley va a decir.

Saltamos al pasar sobre un enorme hueco. Con seguridad Mark estaba disfrutando de su paseo.

El camino atraviesa un pequeño pueblo, tan pequeño que ni siquiera tiene un nombre. Los granjeros siempre lo llaman El Pueblo.

Éste consiste una tienda de alimentos, una combinación de estación de gasolina con tienda de abarrotes, una iglesia con el campanario de color blanco, una ferretería y un buzón de correo.

Había dos camiones estacionados frente a la tienda. No vi a nadie cuando pasamos como un bólido.

La finca de mis abuelos está a dos millas del pueblo.

Reconocí los maizales cuando nos acercábamos.

—¡El maíz ya está alto! —exclamé, mirando por la empolvada ventana— ¿Ya lo probaste?

—Ayer, en la comida —contestó Stanley.

De repente, disminuyó la velocidad y me miró.

—El espantapájaros ronda a la media noche —dijo en voz baja.

—¿Mmm? —no estaba segura de haber oído bien.

—El espantapájaros ronda a la media noche —repitió, mirándome con sus grandes ojos de cachorro—. Lo leí en el libro.

No sabía qué decir, entonces, me reí. Pensé que tal vez estaba bromeando.

Unos días después me di cuenta de que no era un chiste.

2

Al ver la finca extenderse ante nuestros ojos, me llené de alegría. No es muy grande ni lujosa, pero me gusta todo lo que hay en ella.

Me gusta el granero con sus dulces aromas. Me gustan los mugidos de las vacas que se escuchan a lo lejos, cuando salen a pastar. Me gusta observar los altos tallos del maíz, cuando se mecen todos juntos al viento.

Cursi, ¿no?

También me gustan los cuentos de espantos, que nos narra el abuelo Kurt por las noches frente a la chimenea.

También tengo que incluir los *pancakes* con chocolate de la abuela Miriam. Son tan deliciosos, que a veces sueño con ellos cuando regreso a casa en la ciudad. También me gustan las caras de felicidad que ponen los abuelos cuando corremos a saludarlos.

Por supuesto fui la primera en bajarme de la camioneta. Mark bajó tan lento como de costumbre. Corrí hasta la entrada posterior de la casa grande y vieja. No podía esperar para ver a mis abuelos.

La abuela se acercó zarandeándose, con los brazos abiertos. La puerta se cerró de golpe tras ella. Luego vi a mi abuelo Kurt abrirla y salir rápido.

Su cojera estaba peor. Lo noté inmediatamente. Se inclinó sosteniéndose sobre un bastón blanco. Nunca había necesitado uno.

No tuve tiempo de pensar en eso, cuando nos asfixiaron con sus abrazos.

—¡Qué alegría verlos!, ¡ha pasado tanto tiempo! —gritó de emoción la abuelita Miriam.

Hicieron los comentarios usuales acerca de cuánto habíamos crecido.

—Jodie, ¿por qué tienes el cabello rubio? No hay rubios en mi familia —dijo el abuelo Kurt, sacudiendo su blanca melena.

—Debe ser por parte de tu padre.

—No, ya sé. Apuesto que lo compraste en un almacén —dijo riendo.

Era su pequeño chiste. Me saludaba así cada verano. Y sus ojos azules brillaban de alegría.

—Es cierto, es una peluca —le dije riendo.

Haló mi rubio y largo cabello, jugando con él.

—¿Ya conseguiste el cable? —preguntó Mark, arrastrando su mochila por el suelo.

—¿El TV cable? —el abuelo Kurt miró con severidad a Mark—, todavía no. Pero aún tenemos tres canales. ¿Cuántos más necesitamos?

Mark entornó los ojos.

—No hay TV cable — gruñó.

Stanley pasó, con nuestras maletas, hacia la casa.

—Entremos. Apuesto que están muertos de hambre —dijo la abuela Miriam—, les preparé sopa y sándwiches. Cenaremos pollo y maíz esta noche. El maíz está tierno este año. Sé cuánto les gusta a ustedes dos.

Yo observaba a mis abuelos mientras los seguíamos a la casa. Ambos me parecían más viejos. Se movían más lentamente. La cojera del abuelo era definitivamente peor. Los dos se veían cansados.

La abuela Miriam es bajita y gordita. Tiene la cara redonda enmarcada por un rojo y crespo cabello. Rojo brillante. No hay manera de describir el color. No sé que usa para teñirlo. ¡Nunca he visto a otra persona con el cabello de ese color!

Usa unos anteojos cuadrados que le dan una apariencia realmente pasada de moda. Le gustan lo vestidos amplios y cómodos para estar en casa. No creo haberla visto con *jeans* o con pantalones.

El abuelo Kurt es alto y su espalda es ancha. Mami dice que él era realmente atractivo cuando estaba joven. "Como una estrella de cine", decía.

Ahora tiene el cabello blanco, ondulado y aún grueso, y se lo moja y lo peina alisándolo sobre su cabeza. Tiene unos ojos azules luminosos que siempre me hacen reír. Y una barba blanca de varios días en su delgado rostro. Al abuelo no le gusta afeitarse. Hoy tenía puesta una camisa escocesa verde con rojo, de mangas largas, abotonada hasta el cuello a pesar del caluroso día, unos *jeans* anchos, manchados en una rodilla y sostenidos con tirantes blancos.

El almuerzo fue divertido. Nos sentamos a la mesa en la cocina. La luz del sol penetraba por la ventana grande. Pude ver el granero y los maizales que se extendían por detrás de éste. Mark y yo les contamos todas nuestras novedades, sobre la escuela, el equipo de baloncesto que estaba camino al campeonato, acerca de nuestro nuevo automóvil, y de papá dejándose crecer el bigote.

Por alguna razón Stanley pensó que eso era muy gracioso. Se reía tan fuerte, que se atoró con la sopa de arvejas y el abuelo tuvo que darle una palmada en la espalda.

Es difícil saber cuándo Stanley va a soltar una carcajada. Como diría Mark, "Stanley es definitivamente raro". Durante el almuerzo, yo observaba a mis abuelos. No podía creer lo mucho que habían cambiado durante un año. Se veían mucho más silenciosas y mucho más lentos.

"Eso es lo que significa volverse viejo", me dije a mí misma.

—Stanley les mostrará los espantapájaros —dijo la abuela Miriam, pasándonos las papas fritas—, ¿cierto, Stanley?

El abuelo Kurt aclaró su garganta de manera fuerte. Me pareció que quería que la abuela cambiara de tema o algo así.

14

—Yo los hice —dijo Stanley sonriendo con orgullo. Me miró con sus grandes ojos—. El libro ... ahí decía cómo.

—¿Todavía tomas clases de guitarra? —preguntó el abuelo a Mark.

Me pude dar cuenta de que por alguna razón, el abuelo no quería hablar de los espantapájaros de Stanley.

—Sí —contestó Mark, con la boca llena de papas fritas—, pero vendí la acústica. La cambié por una eléctrica.

—¿Quieres decir que la tienes que conectar? —preguntó Stanley. Comenzó a reírse como si hubiera dicho un chiste gracioso.

—Es una lástima que no hayas traído tu guitarra —la abuela le dijo a Mark.

—No, no lo es —dije en broma—. ¡Las vacas hubieran empezado a dar leche agria!

—¡Cállate, Jodie! —dijo bruscamente Mark. No tiene sentido del humor.

—Ellas ya dan leche agria —dijo el abuelo entre dientes, bajando la mirada.

—Mala suerte. Cuando las vacas dan leche agria es de mala suerte —declaró Stanley y sus ojos aumentaron su repentina expresión de miedo.

—Está bien, Stanley —dijo la abuela Miriam rápidamente, poniéndole la mano en el hombro—. El abuelo Kurt sólo bromeaba.

15

—Chicos, si ya terminaron, ¿por qué no van con Stanley? —dijo el abuelo—. Él los llevará a recorrer la finca. Ustedes siempre lo disfrutan —suspiró—. Yo los acompañaría, pero. . . mi pierna me está molestando otra vez.

La abuela Miriam se puso a lavar los platos. Mark y yo seguimos a Stanley por la puerta trasera. El prado del patio de atrás estaba recién podado. Se percibía un suave olor en el aire.

Ví un colibrí aleteando entre las flores del jardín que queda junto a la casa. Llamé a Mark para mostrárselo, pero cuando él volteó a mirar, ya se había ido.

Detrás del verde y largo patio estaba el viejo granero. Sus paredes blancas estaban muy manchadas y descascaradas. Realmente necesitaba una mano de pintura. Las puertas estaban abiertas, y alcancé a ver los cuadrados fardos de paja que estaban dentro.

Mas allá, al lado izquierdo del granero, casi en los maizales, estaba la casa de huéspedes donde vivía Stanley con Palitos, su hijo adolescente.

—Stanley, ¿dónde está Palitos? —pregunté—. ¿Por qué no estuvo en el almuerzo?

—Se fue al pueblo —contestó Stanley calmadamente—. Se fue al pueblo en el pony.

Mark y yo nos miramos. Nunca entendemos a Stanley.

Desde el maizal se asomaban varias figuras oscuras, los espantapájaros de los que había empezado a hablar la abuela Miriam. Los observé, protegiendo mis ojos del sol con la mano.

—¡Tantos espantapájaros! —exclamé—. Stanley, el verano pasado sólo había uno, ¿por qué hay tantos ahora?

No respondió. Tal vez no me oyó. Él tenía una gorra negra de béisbol, que le cubría toda la frente. Daba grandes zancadas, inclinado hacia adelante, con su forma de caminar parecida a la de una cigüeña, y las manos entre los bolsillos de sus grandes overoles.

—Hemos recorrido la finca cientos de veces —se quejó Mark, hablándome al oído—. ¿Por qué tenemos que hacer este largo recorrido otra vez?

—Mark, cálmate —dije—. Siempre damos una vuelta por la finca. Es la tradición.

Mark refunfuñó en voz baja. Realmente es un perezoso. Nunca quiere hacer nada.

Stanley nos condujo desde el granero hasta los maizales. Los tallos eran más altos que yo. Sus borlas doradas centelleaban con la luz del sol.

Stanley alcanzó y arrancó una panoja de un tallo.

—Veamos si está lista— nos dijo sonriendo a Mark y a mí.

Sostuvo la panoja con su mano izquierda y empezó a pelarla con la derecha.

Después de unos segundos, retiró la cáscara, dejando al descubierto la mazorca de maíz.

La observé y lancé un grito de horror.

3

—¡Puaj, esto es repugnante! —grité.

—¡Asqueroso! —oí que Mark gemía.

El maíz tenía un horrible color café y algo se estaba moviendo en la mazorca. Serpenteando. Retorciéndose.

Stanley la acercó a su cara, para examinarla. Me di cuenta de que estaba cubierta de gusanos. Cientos de gusanos cafés contorsionándose.

—¡No! —gritó Stanley con horror. Dejó caer la panoja a sus pies.

—¡Es de mala suerte! Lo dice el libro. ¡Esto es de muy mala suerte!

Miré la espiga de maíz que estaba en el suelo. Los gusanos se arrastraban ahora sobre la tierra.

—Está bien, Stanley —le dije—. Sólo grité porque estaba asustada. Esto sucede algunas veces. Algunas veces aparecen gusanos en el maíz. Me lo dijo el abuelo.

—No, esto es malo —insistió Stanley con voz temblorosa. Sus rojas orejas estaban en llamas. Sus grandes ojos revelaban miedo—. El libro… así, lo dice.

—¿Cuál libro? —preguntó Mark. Pateó la espiga llena de gusanos con la punta de su botín.

—Mi libro —contestó Stanley misteriosamente—. Mi libro de supersticiones.

"Mmmm —pensé—, Stanley no debería tener un libro de supersticiones. ¡El es la persona más supersticiosa del mundo, aun sin un libro!"

—Has estado leyendo un libro de supersticiones? —preguntó Mark, observando los gusanos cafés que reptaban sobre la tierra blanda.

—Sí —dijo Stanley entusiasmado, asintiendo con la cabeza—. Es un buen libro. Me enseña de todo. Y todo resulta cierto. ¡Todo!

Se quitó su gorra y se rascó la cabeza.

—Tendré que consultarlo en el libro. Veré qué es lo que debo hacer con el maíz. El maíz malo.

Se estaba estaba poniendo muy ansioso. Eso me asustaba un poco. Conozco a Stanley de toda la vida. Creo que ha trabajado para el abuelo Kurt por más de veinte años.

Siempre ha sido extraño. Pero nunca lo había visto tan trastornado a causa de algo tan simple como una espiga de maíz en mal estado.

—Muéstranos los espantapájaros —dije tratando de distraerlo.

—Sí. Vamos a verlos —intervino Mark.

—Bien. Los espantapájaros —dijo Stanley inclinando

19

la cabeza. Luego, se volteó, todavía pensativo, y comenzó a guiarnos por los altas hileras de maíz. Los tallos crujían mientras pasábamos.

Era una especie de sonido fantasmagórico.

De repente, una sombra me cubrió. Uno de los oscuros espantapájaros surgió ante nosotros. Tenía puesto un andrajoso abrigo negro, relleno de paja. Sus brazos se extendían rígidamente a los lados.

El espantapájaros era alto, encumbrado por encima de mi cabeza. Lo suficientemente alto como para vigilar desde arriba los altos tallos del maíz.

Su cabeza era un desteñido costal, también relleno de paja. Tenía unos malignos ojos negros y un amenazante entrecejo, trazado con gruesas líneas de pintura negra. Un sombrero raído y pasado de moda, descansaba sobre su cabeza.

—¿Tú los hiciste?— le pregunté a Stanley. Pude ver algunos otros espantapájaros que se asomaban sobre los cultivos. Todos permanecían en la misma posición rígida. Todos tenían la misma expresión amenazante.

Observó la cara del espantapájaros.

—Yo los hice —dijo en voz baja—. El libro me enseñó cómo.

—Tienen una apariencia bastante aterradora —dijo Mark, permaneciendo junto a mí. Tomó la mano de paja del espantapájaros y la sacudió —. ¿Qué hay de nuevo? —le preguntó.

—El espantapájaros ronda a la media noche —dijo

20

Stanley, repitiendo la frase que había dicho en la estación del tren.

—¿Qué significa eso? —le pregunté a Stanley.

—El libro me dijo cómo —respondió Stanley, mirando la cara pintada de negro en aquel costal—. El libro me dijo cómo hacerlos caminar.

—¿Mmm? ¿Quieres decir que haces caminar a los espantapájaros? —pregunté muy confundida.

Stanley me miró fijamente con sus oscuros ojos. Otra vez, esa expresión solemne apareció en su rostro.

—Sé cómo hacerlo. El libro tiene todas las respuestas.

Volví a mirarlo totalmente confundida. No sabía qué decir.

—Yo los hice caminar, Jodie —continuó Stanley hablando casi en secreto—. La semana pasada los hice caminar. Y ahora yo soy el jefe.

—¿Mmm? ¿El jefe de los es-es-pantapájaros? —tartamudeé— ¿quieres decir. . .?

Me detuve, cuando de reojo, vi que el brazo del espantapájaros se estaba moviendo.

La paja crujió cuando se movió el brazo.

Entonces, sentí un áspero cepillo de paja en mi rostro, y el seco brazo del espantapájaros subía hacia mi garganta.

4

La paja espinosa, que sobresalía por las mangas del abrigo negro, me rasguñó el cuello.

Di un agudo alarido.

—¡Está vivo! —grité con pánico, tirándome al suelo en cuatro patas.

Me volteé para ver a Mark y a Stanley observándome calmadamente.

¿Acaso no verían que el espantapájaros trató de estrangularme?

Luego, el hijo de Stanley, Palitos, salió por detrás del espantapájaros, con una gran sonrisa burlona en su rostro.

—Palitos, ¡eres asqueroso! —grité furiosa. Inmediatamente supe que él había movido el brazo del espantapájaros.

—Los niños de la ciudad, como ustedes, se asustan fácilmente —dijo Palitos, ampliando su sonrisa burlona. Se agachó para ayudarme a levantar—. Creíste realmente que el espantapájaros se había movido, ¿no es verdad, Jodie? —dijo con tono acusador.

—Puedo hacer que los espantapájaros se muevan —dijo Stanley, halándose la gorra hacia la frente.

—Puedo hacer que caminen. Ya lo hice. Todo está en el libro.

La sonrisa de Palitos desapareció. La luz parecía apagarse en sus ojos oscuros.

—Sí, seguro, papá —murmuró.

Palitos tiene dieciséis años. Es alto y desgarbado. Tiene las piernas y los brazos largos y flacos. Por eso se ganó el apodo de Palitos.

Él trata de parecer fuerte. Tiene el cabello negro y largo, le cae por los hombros y muy raras veces lo lava. Usa camisetas ceñidas al cuerpo y *jeans* sucios y rotos que le dan a las rodillas. Se burla casi siempre de todo, y parece que sus oscuros ojos siempre se burlaran de uno.

Nos llama a Mark y a mí "los niños de la ciudad". Siempre lo dice con una sonrisa burlona. Y siempre hace chistes estúpidos de nosotros. Creo que nos tiene un poco de celos. No creo que haya sido fácil para Palitos, crecer en una finca, viviendo en la pequeña casa de huéspedes con su padre.

Quiero decir, que Stanley, su padre, parece más un niño que un padre.

—Te vi allá atrás —Mark le dijo a Palitos.

—¡Bien, gracias por avisarme! —le dije bruscamente a Mark. Miré furiosa a Palitos—. Veo que no has cambiado nada.

—También me da gusto verte otra vez, Jodie —replicó sarcásticamente—. Los niños de la ciudad han vuelto para estar otro mes con los campesinos.

—Palitos, ¿cuál es tu problema? —le pregunté.

—Sé amable —murmuró Stanley—. El maíz tiene orejas, lo sabes.

Todos miramos a Stanley.

Stanley permanecía serio. Me miró fijamente con sus grandes ojos a través de la sombra de su gorra.

—El maíz tiene orejas —repitió—. Hay espíritus en el campo.

Palitos sacudió la cabeza con tristeza.

—Papá, gastas demasiado tiempo leyendo ese libro de supersticiones —murmuró.

—Todo lo que dice el libro es verdad —contestó Stanley—. Todo es cierto.

Palitos pateó el suelo. Me miró. Su expresión parecía muy triste.

—Las cosas han cambiado aquí —murmuró.

—¿Mmm? —no entendí—. ¿Qué quieres decir?

Palitos miró a su padre. Stanley lo miraba, sus ojos se achicaron.

Palitos encogió los hombros y no respondió. Tomó el brazo de Mark y lo estrujó.

—Estás tan fofo como siempre —le dijo a Mark—. ¿Quieres jugar fútbol esta tarde?

—Está haciendo calor —respondió Mark. Se limpió el sudor de la frente con el dorso de la mano.

Palitos sonrió con desprecio. —Sigues siendo una gallina. ¿Mmm?

—¡No! —protestó Mark—. Sólo dije que hacía calor, eso es todo.

—Oye, tienes algo en la espalda —le dijo Palitos a Mark—. Date vuelta.

Mark obedientemente se volteó. Palitos rápidamente se agachó y recogió la mazorca llena de gusanos, y la esparció en la espalda de la camiseta de Mark.

Tuve que reírme, cuando vi a mi hermano correr gritando todo el camino hasta la casa.

Durante la comida, todo estuvo en calma. El pollo frito de la abuela Miriam estaba tan delicioso como siempre. Y tenía razón acerca del maíz. Estaba muy tierno. Mark y yo comimos dos mazorcas con mantequilla, cada uno.

Disfruté la comida. Pero me entristecía que mis abuelos estuvieran tan cambiados. El abuelo Kurt siempre hablaba sin parar. Tenía docenas de divertidas historias sobre los campesinos de la zona. Y siempre tenía nuevos chistes para contar.

Esta noche, escasamente pronunció palabra.

La abuela Miriam seguía diciéndonos a Mark y a mí que comiéramos más. Y continuaba preguntándonos cómo nos gustaban las cosas. Pero ella también estaba más callada.

Ambos parecían tensos. Incómodos.

Ambos permanecieron mirando la mesa y a Stanley, quien comía con las dos manos, las gotas de mantequilla rodando por su barbilla. Palitos se sentó abatido al frente de su padre. Se veía más antipático que de costumbre.

—¿Todo está bien, Stanley? —seguía preguntando la abuela Miriam, mordiéndose el labio inferior—, ¿todo bien?

Stanley eructó y sonrió.

—No del todo mal— fue su respuesta.

"¿Por qué las cosas parecen diferentes?," me preguntaba.

"¿Acaso se debe a que los abuelos se están volviendo viejos?"

Después de la comida, nos sentamos en la sala grande y cómoda. El abuelo Kurt se balanceaba suavemente en su antigua mecedora de madera, junto a la chimenea.

Hacía mucho calor para prenderla. Pero mientras se mecía, tenía su mirada fija en la chimenea, y una expresión pensativa en su pálido rostro.

La abuela Miriam estaba sentada en su silla favorita, una grande y verde poltrona en frente del abuelo Kurt. Tenía en su regazo una revista de jardinería sin abrir.

Palitos, que apenas había dicho dos palabras en toda la noche, desapareció. Stanley, estaba inclinado contra la pared, limpiándose los dientes con un palillo.

Mark se tiró en el largo y verde sofá. Yo me senté en el otro extremo de éste, observando la sala.

—¡Uy! ¡Ese oso todavía me parece asqueroso! —exclamé.

Al fondo del salón, un enorme oso de color café, que mide cerca de ocho pies de alto, permanecía de pie sobre sus patas posteriores. El abuelo Kurt le había disparado en una cacería. Sus enormes garras estaban extendidas, como si estuviera listo para atacar.

—Era un oso asesino —recordó el abuelo Kurt, meciéndose lentamente, mirando los ojos de la furiosa bestia—. Había herido a dos cazadores antes de que le disparara. Salvé sus vidas.

Me estremecí y me alejé del oso. Realmente lo odiaba. ¡No sé por qué la abuela Miriam le permitió al abuelo Kurt dejarlo en la sala!

—¿Qué historia de miedo nos vas a contar? —le pregunté al abuelo Kurt.

Me miró, sus ojos azules de repente se opacaron, sin vida.

—Sí. Hemos estado esperando que nos narres tus historias —interrumpió Mark. —Cuéntanos esa del muchacho sin cabeza dentro del armario.

—No. Cuéntanos uno nuevo —dije con entusiasmo.

El abuelo se rascó la barbilla lentamente. Miró a Stanley a través del salón. Luego aclaró su garganta nerviosamente.

—Estoy algo cansado, niños —dijo suavemente—. Creo que ya me voy a la cama.

—Pero, ¿la historia? —protesté.

27

Me volvió a mirar con sus opacos ojos.

—No sé ninguna historia— murmuró. Se levantó pausadamente y se fue a su habitación.

"¿Qué está sucediendo aquí?", me pregunté. "¿Qué es lo que anda mal?"

5

Más tarde esa noche, en mi cuarto, me puse una larga camisa de dormir. La ventana estaba abierta, y una suave brisa entraba en la habitación.

Observé a través de la ventana abierta. Un gran manzano cubría el prado con su sombra.

Donde terminaba el pasto, los maizales se extendían bajo el brillo de la luna llena. La pálida luz de la luna hacía brillar los altos tallos como si fueran de oro. Los tallos lanzaban largas sombras de color azul sobre el sembrado.

A lo largo del campo los espantapájaros se asomaban en posición rígida como soldados vestidos con oscuros uniformes. Las mangas de sus sacos se movían con la suave brisa. Parecía que sus pálidos rostros hechos de costal me estuvieran mirando fijamente.

Sentí un escalofrío recorrer mi espalda.

Había muchos espantapájaros. Por lo menos una docena, de pie, en fila. Como un ejército listo para marchar.

"El espantapájaros ronda a la media noche".

Eso fue lo que Stanley dijo en aquel tono bajo y temeroso, que nunca antes le había escuchado.

Miré el reloj que estaba sobre la mesita de noche. Eran las diez pasadas.

"Estaré dormida cuando empiecen a caminar", pensé.

Una idea loca.

Estornudé. ¡Parece que soy alérgica al aire de la finca de día y de noche también!

Me quedé observando las largas sombras que daban los espantapájaros. Una ráfaga de viento dobló los tallos, haciendo que las sombras se enrollaran hacia adelante como una ola en un oscuro océano.

Luego, vi que los espantapájaros comenzaban a retorcerse.

—¡Mark! —grité—. ¡Mark, ven acá! ¡Rápido!

6

Bajo la luz de la luna llena, observé con horror que los espantapájaros comenzaron a moverse.

Sus brazos se sacudían. Sus cabezas de costal echándose hacia adelante.

Todos ellos. Al unísono.

Todos los espantapájaros se estaban sacudiendo, retorciéndose, estirándose con fuerza, como si trataran de liberarse de sus estacas.

—¡Mark, rápido! —grité.

Oí unas pisadas rápidas por el corredor.

Mark entró precipitadamente en mi cuarto, respirando con dificultad.

—Jodie, ¿qué pasa? —gritó.

Me acerqué desesperadamente a la ventana para que Mark me siguiera. Cuando él estaba detrás de mí, señalé los maizales.

—Mira, los espantapájaros.

Agarró la repisa de la ventana y se asomó.

Por encima de su hombro, pude ver los espantapájaros torciéndose al unísono. Sentí un escalofrío que me obligó a rodear mi cuerpo con mis brazos.

—Es el viento —dijo Mark, alejándose de la ventana—. ¿Cuál es tu problema, Jodie? Sólo es el viento soplando a su alrededor.

—Es-estás equivocado, Mark —tartamudeé, todavía abrazándome—. Mira otra vez.

Puso sus ojos en blanco y suspiró. Pero se volteó y se asomó por la ventana. Contempló el campo durante un largo rato.

—¿No ves? —reclamé en tono fuerte—. Todos se están moviendo. Sus brazos, sus cabezas, todos moviéndose.

Cuando Mark se retiró de la ventana sus ojos azules estaban espantados de miedo. Me miró seriamente sin pronunciar palabra.

Finalmente, tragó saliva y dijo asustado, en voz baja:

—Tendremos que decírselo al abuelo Kurt—.

Bajamos rápidamente por la escalera, pero nuestros abuelos ya se habían acostado. La puerta del cuarto estaba cerrada. Todo estaba en silencio al otro lado.

—Tal vez debemos esperar hasta mañana por la mañana —dije en voz baja mientras Mark y yo nos devolvíamos en puntillas hasta nuestras habitaciones—. Creo que estaremos seguros hasta entonces.

Regresamos a nuestros cuartos. Cerré la ventana y la aseguré.

Afuera, en los campos, los espantapájaros todavía se retorcían en sus estacas.

Estremecida, me alejé de la ventana y me metí en la cama, cubriéndome la cabeza con el viejo edredón.

Dormí muy incómoda, dando vueltas bajo la pesada colcha. Por la mañana, salté de la cama ansiosa. Me peiné y bajé a desayunar rápidamente.

Mark bajaba detrás de mí. Tenía puestos los mismos *jeans* que ayer y una camiseta roja con negro de Nirvana. No se molestó en peinarse. Tenía el pelo parado.

—¡*Pancakes!* —gritó.

Mark sólo puede decir una palabra a la vez, temprano en la mañana.

Pero esa palabra inmediatamente me animó y me hizo olvidar, por un momento, los asquerosos espanta-pájaros.

¿Cómo pude olvidar los maravillosos *pancakes* con chocolate que prepara la abuela Miriam?

Son tan suaves, realmente se deshacen en la boca. Y el tibio chocolate mezclado con miel de arce hace el más delicioso desayuno que jamás haya comido.

Cuando atravesamos la sala, para ir a la cocina, esperaba sentir el aroma de la masa de *pancake* horneándose.

Pero mi naríz estaba demasiado congestionada como para percibir cualquier olor.

Mark y yo entramos en la cocina al mismo tiempo. El abuelo Kurt y Stanley ya estaban en la mesa. Una cafete-ra grande de color azul todavía humeaba frente a ellos.

Stanley sorbía su café. El abuelo Kurt tenía su cabeza

33

oculta detrás del periódico. Nos miró y sonrió cuando entramos.

Todos dijimos buenos días.

Mark y yo nos sentamos en nuestros puestos. Estábamos tan ansiosos por comer los famosos *pancakes*, que prácticamente nos frotábamos las manos, como lo hacen los personajes de los dibujos animados.

Imaginen nuestro impacto cuando la abuela Miriam puso unos grandes platos de *cornflakes* frente a nosotros.

Miré a Mark al otro lado de la mesa. Él me miraba, su rostro revelaba su sorpresa y su frustración.

—¿*Cornflakes*? —preguntó en voz alta.

La abuela Miriam había vuelto al lavaplatos. Me dirigí a ella.

—Abuelita, ¿no hay *pancakes*? —pregunté suavemente.

Vi que miró a Stanley.

—Ya no los hago, Jodie— contestó, aún mirando a Stanley —. Los *pancakes* engordan mucho.

—No hay nada como un buen plato de *cornflakes* al desayuno —dijo Stanley con una gran sonrisa. Alcanzó la caja que estaba en el centro de la mesa y llenó su plato por segunda vez.

El abuelo Kurt gruñía detrás de su periódico.

—Adelante, coman antes de que se ablanden —dijo la abuela con insistencia, desde el lavaplatos.

Mark y yo sólo nos miramos. El verano pasado, la abuela nos preparaba un montón de *pancakes* con chocolate ¡Casi todas las mañanas!

"¿Qué está sucediendo aquí?", me pregunté otra vez con sorpresa.

De repente recordé a Palitos, afuera en los maizales el día anterior, diciéndome en secreto: "las cosas han cambiado aquí".

Seguro que habían cambiado. Y no para bien, definitivamente.

Me crujía el estómago. Cogí la cuchara y empecé a comer mis *cornflakes*. Vi a Mark abatido, comiendo los suyos. Luego, de pronto, recordé los agitados espanta-pájaros.

—Abuelito Kurt —comencé—. Anoche, Mark y yo, estábamos mirando hacia los maizales y vimos los espantapájaros. Se estaban moviendo. Nosotros. . .

Oí que la abuela daba un grito ahogado detrás de mí.

El abuelo Kurt bajó su periódico. Me miró encogiendo los ojos, pero no dijo nada.

—¡Los espantapájaros se estaban moviendo! —se entrometió Mark.

Stanley se rió entre dientes.

—Fue el viento— dijo, mirando al abuelo—. Tuvo que ser el viento que los hizo mover.

El abuelo Kurt miró furioso a Stanley.

—¿Estás seguro?— preguntó.

—Sí. Fue el viento —respondió Stanley con cierta tensión.

—¡Pero ellos estaban tratando de bajarse de sus postes! —grité—. ¡Nosotros los vimos!

35

El abuelo Kurt miró severamente a Stanley.

Las orejas de Stanley se pusieron de color rojo brillante. Bajó su mirada.

—El viento sopló mucho anoche —dijo—. El viento los movió.

—Va a hacer un día soleado —dijo con entusiasmo la abuela Miriam desde el lavaplatos.

—Pero los espantapájaros... —insistió Mark.

—Sí. Parece que el día va a estar realmente hermoso —dijo entre dientes el abuelo Kurt, ignorando a Mark.

Me di cuenta que no quería seguir hablando sobre los espantapájaros.

"¿Acaso no nos cree?"

El abuelo se dirigió a Stanley.

—Después de que lleves las vacas a pastar, tal vez tú, Jodie y Mark puedan ir a pescar al arroyo.

—Tal vez —respondió Stanley, observando la caja de *cornflakes*—. Tal vez lo hagamos.

—Suena divertido —dijo Mark. A Mark le gusta pescar. Es uno de sus deportes favoritos porque uno no tiene que moverse mucho.

Hay un arroyo muy bonito detrás del potrero, don–de termina la propiedad del abuelo Kurt. Es boscoso allá, el angosto arroyo corre suavemente bajo la som-bra de los viejos árboles y generalmente hay muchos peces.

Al terminar mi cereal, me acerqué al lavaplatos donde estaba la abuela Miriam.

—¿Qué vas a hacer hoy? —Le pregunté—. Tal vez tú y yo podemos pasar un rato juntas y . . .

Me detuve cuando se volteó hacia mí y vi su mano.

—Ahhhh —di un grito de terror, cuando vi su mano. ¡Era. . . era de paja!

7

—Jodie, ¿qué sucede? —preguntó la abuela.

Señalé su mano.

Luego, la pude ver mejor con la luz, su mano no era de paja, era que sostenía una escoba.

La tenía agarrada por el palo y le quitaba las pelusas a la paja.

—Nada. Todo está bien —le dije, sintiéndome como una perfecta idiota. Me froté los ojos—. Tengo que tomar mi medicina para la alergia —dije—. Mis ojos están muy llorosos. ¡Sigo viendo cosas!

¡Veía espantapájaros en todas partes!

Me regañé por actuar como una loca.

"Deja de pensar en los espantapájaros —me dije a mí misma—, Stanley tenía razón. Anoche los espanta-pájaros se movían a causa del viento".

"Sólo era el viento".

Stanley nos llevó a pescar más tarde aquella mañana. Cuando salimos para el arroyo, parecía estar de muy buen humor.

Sonreía mientras cargaba la gran canasta de *picnic*, que

le había dado la abuela Miriam para nuestro almuerzo.

—Ella empacó todo lo que me gusta —dijo Stanley alegremente.

Le dio un par de golpecitos a la canasta con satisfacción infantil.

Y llevaba tres cañas de bambú para pescar, bajo su brazo izquierdo. Cargaba la gran canasta de mimbre con su mano derecha. No aceptó que Mark y yo le ayudáramos a cargar algo.

El aire tibio tenía un aroma agradable. El sol brillaba desde el cielo azul sin nubes. Las hojas del pasto recién cortado se pegaban mis tenis blancos, mientras atravesábamos el patio de atrás.

El remedio me había ayudado. Mis ojos estaban mucho mejor.

Stanley comenzó a caminar rápidamente después de que pasamos el granero. Su expresión se volvió solemne. Parecía estar bastante concentrado en algo.

—Oye, ¿adónde vamos? —le pregunté, apresurándome para alcanzarlo.

Parece que no me escuchó. Dando largas zancadas y balanceando la canasta de mimbre al caminar, se devolvió en dirección al lugar de donde habíamos salido.

—¡Oye, espera! —dijo Mark con la respiración entrecortada. Mi hermano odia ir deprisa cuando puede tomarse su tiempo.

—¡Stanley, espera! —grité, halando la manga de su camisa—. ¡Estamos caminando en círculos!

Asintió con la cabeza, con una expresión seria, bajo su gorra negra de béisbol.

—Tenemos que dar tres vueltas alrededor del granero —dijo en voz baja.

—¿Mmm? ¿Por qué? —reclamé.

Comenzamos a dar la segunda vuelta alrededor del granero.

—Es de buena suerte hacerlo antes de ir a pescar —contestó Stanley—. Lo dice el libro. Todo está en el libro —agregó.

Abrí mi boca para decirle que eso era absurdo. Pero decidí no hacerlo. Parecía tan serio al hablar de su libro de supersticiones. No quise arruinarlo todo.

Además, Mark y yo pudimos hacer ejercicio.

Un poco después, terminamos los círculos y comenzamos a caminar a lo largo del camino polvoriento que va desde los maizales hasta el arroyo. Stanley volvió a sonreír inmediatamente.

Realmente creía en las supersticiones del libro. Me di cuenta.

Me pregunté si Palitos también creería en ellas.

—¿Dónde está Palitos? —pregunté, pateando un terrón de tierra a un lado del camino.

—Haciendo los quehaceres domésticos —dijo Stanley—. Palitos es un buen trabajador. Un buen trabajador, es cierto. Pero terminará pronto, apuesto. Palitos no se perderá una salida a pescar.

Empecé a sentir el sol muy fuerte en mi rostro y en

mis hombros. Me hubiera gustado salir corriendo y traer un bloqueador solar.

Los espantapájaros con sus vestidos oscuros, aparecieron para mirarme mientras pasábamos por los altos cultivos de maíz. Puedo jurar que sus caras pálidas y pintadas se voltearon para verme pasar.

Y, ¿será que uno de ellos levantó el brazo para saludarme con su mano de paja?

Me regañé a mí misma por tan estúpidas ideas, y miré hacia otro lado.

"¡Deja de pensar en los espantapájaros, Jodie!", me dije.

"Olvida tu mal sueño. Olvídate de los tontos espantapájaros".

"Es un hermoso día y no tienes nada por qué preocuparte. Trata de relajarte y divertirte".

El camino nos condujo a un bosque de altos pinos que hay detrás de los maizales. Se volvía sombreado y mucho más fresco, a medida que entrábamos en el bosque.

—¿No podemos tomar un taxi para el resto del camino? —se quejó Mark. Un típico chiste suyo. ¡Realmente tomaría un taxi si hubiera uno!

Stanley sacudió su cabeza.

—Niños de la ciudad— murmuró con una sonrisa burlona.

El camino terminó, y continuamos entre los árboles. Olía a pino fresco. Vi una diminuta ardilla café con

41

blanco, que se metió tan rápido como una flecha en un tronco hueco.

Pude oír la música que producía el arroyo, muy cerca.

De repente, Stanley se detuvo. Se inclinó y recogió una piña de pino.

Las tres cañas de pescar cayeron al suelo. Acercó la piña a su cara para examinarla.

—Una piña en el lado de la sombra significa que habrá un largo invierno —dijo, colocando la piña seca en su mano.

Mark y yo nos agachamos para recoger las cañas.

—¿Es eso lo que dice el libro?— preguntó Mark.

Stanley asintió con la cabeza. Puso la piña cuidadosamente en el mismo sitio donde la encontró.

—La piña todavía está pegajosa. Es una buena señal —dijo seriamente.

Mark soltó una risita. Sabía que intentaba no reírse de Stanley. Pero la risa se le escapó.

Los grandes ojos cafés de Stanley se llenaron de tristeza.

—Todo es verdad, Mark —dijo con calma—. Todo es verdad.

—Me gustaría leer ese libro —dijo Mark, mirándome.

—Es un libro muy difícil de entender —dijo Stanley—. Tengo problemas con algunas palabras.

—Puedo oír el arroyo —interrumpí, para cambiar el tema—. Vamos. Quiero atrapar algunos peces antes del almuerzo.

Sentí el agua fría en mis piernas. Mis pies descalzos se resbalaban en las lisas piedras de la cama del arroyo.

Los tres andábamos descalzos por la orilla del arroyo que era poco profundo.

Mark hubiera querido tenderse en la orilla para pescar. Pero lo convencí de que era más divertido, y mucho más fácil atrapar algo, si uno se metía en el agua.

—Sí, pescaré algo —gruñó mientras se remangaba los *jeans*—. ¡Pescaré una neumonía!

Stanley soltó una carcajada.

—¡Ja! ¡Ja! ¡Ja!

Puso la canasta del almuerzo cuidadosamente sobre la yerba seca. Luego enrolló las mangas de su overol de vaquero. Cargando una caña de pescar, se metió en el agua.

¡Uuuuuh! ¡Está fría! —gritó, moviendo los brazos sobre su cabeza, casi perdiendo el equilibrio sobre las resbalosas piedras.

—Stanley, ¿no olvidaste algo? —le dije.

Se volteó confundido. Sus grandes orejas se pusieron de color rojo brillante.

—¿Qué olvidé, Jodie?

Señalé su caña.

—¿Dónde está la carnada? —dije.

Miró el anzuelo vacío al final del sedal. Luego, se devolvió a la orilla para recoger una lombriz y ponerla de carnada.

Unos minutos más tarde, los tres estábamos en el agua. Primero Mark se quejó de lo fría que estaba y

43

luego de cómo las piedras del fondo maltratarían sus pequeños y delicados pies.

Pero un poco después, terminó también por meterse al agua.

El arroyo en esta parte tenía aproximadamente dos pies de profundidad. El agua era clara y corría rápidamente, haciendo pequeños remolinos en el fondo empedrado.

Metí mi sedal en el agua y observé la pesa de plástico rojo flotando en la superficie. Si ésta comenzaba a hundirse, yo sabría que algo había mordido.

Sentía el tibio sol en mi rostro. El agua fresca que corría me producía una sensación agradable.

"Qué bueno que fuera lo suficientemente hondo para nadar aquí", pensé.

—¡Oigan, atrapé algo! —gritó Mark emocionado.

Stanley y yo nos volteamos y lo vimos sacando su sedal.

Mark haló con todas sus fuerzas.

—Es uno grande, creo —dijo.

Finalmente dio un último tirón muy fuerte, y sacó un grueso montón de algas verdes.

—Bien, Mark —dije entornando los ojos—. Es uno grande, tenías razón.

—Tú eres una grande —respondió Mark furioso—. Una gran idiota.

—No seas tan niño —le contesté.

Espanté un tábano que zumbaba y traté de concentrarme en mi sedal. Pero mi mente comenzó a vagar. Me sucede siempre que salgo a pescar.

Me di cuenta de que estaba pensando en los altos espantapájaros de los maizales. Permanecían tan oscuros, tan amenazantes. Todos sus rostros pintados tenían la misma mirada penetrante.

Todavía pensaba en ellos, cuando sentí una mano que se deslizaba alrededor de mi tobillo.

Era la mano de paja del espantapájaros.

Se salió del agua, y empezó a sujetar fuertemente mi pierna con su fría y húmeda mano.

45

8

Di un alarido y traté de patear lejos esa mano.

Pero me resbalé en las piedras lisas. Levanté las manos al caer de espaldas.

—¡Ahhh! —grité otra vez mientras chapoteaba.

El espantapájaros seguía allí.

Estaba boca arriba, el agua me corría por encima, pataleé y sacudí mis brazos.

Luego lo vi. El montón de algas verdes, enroscados en mi tobillo.

—Ah, no —gemí.

No era un espantapájaros. Sólo algas.

Metí mi pie en el agua. No me moví. Sólo me quedé tendida boca arriba, esperando a que mi corazón dejara de palpitar tan fuerte, sintiéndome otra vez como una total idiota.

Miré hacia arriba a Mark y a Stanley. Me estaban observando y comenzaron a reírse.

—No digan ni una palabra —les advertí, tratando de levantarme—. Les advierto: no digan ni una sola palabra.

Mark se rió, pero, muy obediente, no dijo nada.

—No traje una toalla —dijo Stanley preocupado—. Lo siento, Jodie, no sabía que querías nadar.

Entonces Mark soltó una carcajada.

Le lancé a Mark una mirada de advertencia. Mi camiseta y mis pantalones cortos estaban empapados. Comencé a caminar por la orilla, llevando la incómoda caña de pescar en frente.

—No necesito una toalla —le dije a Stanley—. Se siente bien, es refrescante.

—Asustaste a todos los peces, Jodie —se quejó Mark.

—No. Tú los asustaste. ¡Vieron tu rostro! —contesté. Sabía que estaba actuando como una nena. Pero no me importó. Tenía frío y estaba mojada y furiosa.

Salí por la orilla pisando fuerte, sacudiendo el agua de mi cabello.

—Creo que pican mejor aquí abajo —oí que Stanley le decía a Mark. Me volteé y lo vi desaparecer en una curva del arroyo.

Dando pasos cuidadosos sobre las piedras, Mark lo seguía. No los alcanzaba a ver detrás de los gruesos árboles. Escurrí mi cabello tratando de sacar el agua del arroyo. Finalmente, desistí y lo sacudí por detrás de mis hombros.

Estaba pensando qué hacer cuando oí un crujido.

¿Una pisada?

Me di vuelta y observé entre los árboles. No vi a nadie.

Otra ardilla se alejó corriendo sobre una capa de hojas secas de color café. ¿Acaso algo o alguien había asustado a la ardilla?

Escuché con atención. Otro crujido de un paso. Chasquidos.

—¿Quién quién está ahí? —pregunté.

Los arbustos respondieron con un susurro.

—Palitos... ¿eres tú? ¿Palitos? —mi voz temblaba.

Nadie respondió.

"Tiene que ser Palitos", me dije a mí misma. "Esta es la propiedad del abuelo Kurt. Nadie más podría estar acá".

—¡Palitos deja de tratar de asustarme! —grité irritada.

Nadie respondió.

Otra pisada. El crujido de una rama.

Más ruidos que se acercaban.

—¡Palitos, sé que eres tú! —dije con incertidumbre—. Estoy realmente cansada de tus tontos trucos. ¿Palitos?

Observé directamente entre los árboles.

Escuché. Ahora todo estaba en silencio.

Un silencio pesado.

Luego me tapé la boca con la mano, al tiempo que vi una oscura figura que surgía de la sombra de dos altos pinos.

—¿Palitos. . .?

Eché una mirada a las profundas y azules sombras.

Vi el relleno y oscuro saco. El desteñido costal de su

48

cabeza. El oscuro sombrero de fieltro ladeado sobre sus ojos negros pintados.

Vi la paja saliendo por debajo de la chaqueta. Y la que salía de las largas mangas.

Un espantapájaros.

¿Un espantapájaros que nos había seguido? ¿Hasta el arroyo? Miré fijamente las sombras, observando su maligna y congelada sonrisa burlona. Abrí la boca para gritar, pero no salió ningún sonido.

9

Entonces una mano me agarró del hombro.

—¡Ahhh! —grité y me di vuelta rápidamente.

Stanley me miraba preocupado. El y Mark venían detrás de mí.

—Jodie, ¿qué te pasa? —preguntó Stanley—. Mark y yo pensamos que nos estabas llamando.

—¿Qué hay de nuevo? —preguntó Mark casualmente. El sedal de su caña de pescar se había enredado y la estaba tratando de derenredar.

—¿Viste una ardilla o algo?

—No, yo... yo... —mi corazón latía tan fuerte, que apenas podía hablar.

—Enfría tus motores, Jodie —dijo Mark imitándome.

—¡Vi un espantapájaros! —finalmente logré gritar.

Stanley se quedó boquiabierto.

Mark me miró suspicazmente.

—¿Un espantapájaros? ¿Aquí en el bosque?

—Él... él estaba caminando —tartmudeé—. Lo oí. Oí que estaba caminando.

Un grito ahogado escapó por la boca abierta de Stanley.

Mark me seguía observando. Sus facciones estaban tensas por el miedo.

—¡Allá está! —grité—. ¡Justo allá! —señalé.

Pero ya se había ido.

10

Stanley me miró seriamente, sus grandes ojos cafés se llenaron de confusión.

—Lo vi —insistí—. Entre esos dos árboles —señalé otra vez.

—¿Lo viste? ¿A un espantapájaros? ¿Es cierto? —preguntó Stanley.

Noté que realmente se estaba empezando a asustar.

—Bueno… tal vez sólo eran las sombras —dije. No quería atemorizar a Stanley.

Yo temblaba.

—Estoy empapada, volveré adonde me dé la luz del sol —les dije.

—¿Pero, lo viste? —preguntó Stanley, mirándome fijamente con sus enormes ojos cafés—. ¿Viste un espantapájaros aquí, Jodie?

—No… no creo, Stanley —contesté, tratando de calmarlo—. Lo siento.

"Esto es muy grave", murmuró, para sí. "Esto es muy

grave. Tengo que leer el libro. Esto es muy grave". Luego, refunfuñando a solas, se volteó y corrió.

—¡Stanley, detente! —grité—. ¡Stanley, regresa! ¡No nos dejes aquí!

Pero se fue. Desapareció entre los árboles.

—Iré tras él —le dije a Mark—. Luego le contaré todo esto al abuelo Kurt. ¿Puedes tú cargar las cañas de regreso?

—¿Tengo que hacerlo? —se quejó Mark. ¡Mi hermano es tan perezoso!

Le dije que lo tenía que hacer. Luego corrí por el camino que hay entre los árboles y que conduce a la casa de la finca.

Mi corazón palpitaba con fuerza cuando llegué a los maizales. Los espantapájaros con sus oscuros sacos aparacieron para mirarme. A medida que mis tenis chocaban contra el angosto y polvoriento camino, me imaginaba los brazos de paja alcanzándome, agarrándome y empujándome al maizal.

Pero los espantapájaros permanecían en silencio, vigilando altos sobre los tallos del maíz. No se movieron ni se retorcieron cuando pasé a toda velocidad.

Más adelante vi a Stanley corriendo hacia su pequeña casa. Hice bocina con las manos y lo llamé, pero se entró para no verlo más.

Decidí buscar al abuelo Kurt y contarle que había visto al espantapájaros moviéndose entre los árboles.

La puerta del granero estaba abierta, y creí ver a alguien moviéndose adentro.

—¿Abuelito Kurt?— llamé jadeando, —¿estás ahí dentro?

Mi cabello húmedo se sacudía sobre mis hombros cuando entré corriendo al granero. Permanecí en el rectángulo de luz que daba la puerta y observé en la oscuridad.

—¿Abuelito Kurt?— grité, tratando de respirar normalmente. Mis ojos lentamente se adaptaron a la oscuridad. Entré al fondo del granero.

—¿Abuelito Kurt? ¿Estás ahí?

Al escuchar el sonido de un rasguño contra la pared, me dirigí hacia allá.

—Abuelito Kurt, ¿puedo hablar contigo? ¡Realmente necesito hablar contigo!

Mi voz sonaba atemorizada y casi inaudible en el grande y oscuro granero. Mis zapatos tenis hacían mucho ruido al caminar hacia la parte de atrás sobre la paja.

Di un salto cuando oí un ruido de estruendo.

La luz se volvió más tenue.

—¡Ey! —grité. Era demasiado tarde.

La puerta del granero se estaba cerrando.

—¡Ey! ¿Quién está allí? —grité iracunda—. ¡Ey, ya basta!

Resbalé sobre la paja cuando traté de alcanzar la puerta que se cerraba. Caí muy fuerte, pero rápidamente me levanté.

Corrí como una flecha hacia la puerta. Pero no fui lo suficientemente rápida.

A medida que la pesada puerta se cerraba, el rectángulo de luz se hizo más y más angosto.

La puerta se cerró con un ensordecedor golpe final.

La oscuridad se acercaba, me rodeaba, me cubría.

—¡Ey, déjenme salir! —vociferé—. ¡Déjenme salir de aquí!

Mi alarido acabó en un ahogado sollozo. Respiraba entrecortadamente.

Golpeé la puerta de madera del granero con ambos puños. Luego, desesperadamente recorrí la puerta con las manos, buscando a ciegas una aldaba, o algo para halar, alguna manera de abrirla.

Como no pude encontrar nada, le di puñetazos a la puerta, hasta que me dolieron las manos.

Después me detuve y di un paso atrás.

"Cálmate, Jodie", me dije a mí misma. "Cálmate. Saldrás del granero".

"Encontrarás la manera. No estarás atrapada aquí para siempre".

Traté de alejar el pánico. Contuve la respiración, esperando que mi corazón dejara de correr tan rápido. Después respiré despacio. Leeeeentamente.

Me empecé a sentir un poco mejor cuando oí un chirrido.

Un chirrido seco. El ruido de un zapato haciendo crujir la paja.

—¡Ay!— dejé escapar un agudo grito, luego puse ambas manos en mi rostro y escuché.

Crujido. Crujido. Crujido.

El sonido de unas pisadas. Lentas, firmes pisadas, muy suaves en el granero.

Pisadas que se me acercaban en medio de la oscuridad.

11

—¿Quién... quién está ahí? —mi voz salió ahogada, como un susurro.

Nadie respondió.

Crujido. Crujido. Crujido

Los suaves y carrasposos pasos se acercaban cada vez más.

—¿Quién es? —lancé un grito destemplado.

Nadie respondió.

Observé en la oscuridad. No pude ver nada.

Crujido. Crujido.

La persona, o la cosa, que fuera, se estaba acercando a mí con pasos firmes.

Di un paso atrás. Luego otro.

Quise gritar, pero se me hizo un nudo de terror en la garganta.

Dejé escapar un atemorizado y ahogado grito cuando tropecé con algo que estaba detrás de mí. En medio del pánico, me tomó algunos segundos darme cuenta de que era sólo una escalera de madera. La escalera que conducía al pajar.

Las pisadas crujían más cerca. Más cerca.

—Por favor... —dije con voz ahogada, —por favor... no...

Más cerca. Más cerca. Crujiendo hacia mí en la pesada oscuridad.

Agarré la escalera por los lados.

—¡Por favor, déjeme en paz!

Antes de darme cuenta de lo que estaba haciendo, ya trepaba por la escalera. Mis brazos temblaban, y sentía como si las piernas pesaran cada una toneladas.

Pero, a gatas, del travesaño en travesaño, subí hacia el pajar, lejos de las crujientes y terribles pisadas de abajo.

Cuando llegué a arriba, me tendí en el piso del pajar. Hice un esfuerzo para escuchar, para oír las pisadas por encima de los latidos del corazón que palpitaba.

¿Me acechaba? ¿Algo me perseguía por la escalera?

Sostuve la respiración. Escuché.

Alguien escarbando. Pisadas crujientes.

—¡Váyase! —grité desesperadamente. ¡Quien quiera que sea, váyase!

Pero los ruidos seguían, secos y crujientes. Como la paja frotando la paja.

Gateando, volteé y miré la pequeña y cuadrada ventana del pajar. La luz del sol se filtraba a través de ella. La luz hacía que la paja esparcida en el piso, brillara como delgadas hebras de oro.

Mi corazón todavía latía con fuerza. Me arrastré hasta

la ventana. ¡Sí! La pesada cuerda aún estaba amarrada a un lado. El lazo que Mark y yo siempre usábamos para columpiarnos hasta el suelo.

"¡Puedo salir de aquí!", me dije a mí misma con alegría.

"Puedo coger la cuerda y bajar. ¡Puedo escapar!"

Con impaciencia, agarré el lazo con ambas manos.

Luego, me asomé por la ventana y miré al suelo.

Y di un alarido de sorpresa y horror.

12

Al mirar hacia abajo, vi un sombrero negro. Debajo de él, un abrigo negro.

Un espantapájaros. Recostado contra la puerta del granero. Como si estuviera prestando guardia.

Sacudió sus brazos y piernas cuando me oyó gritar.

Y como yo observaba incrédula, corrió a la vuelta del granero, banboleándose sobre sus piernas de paja, agitando los brazos a los lados.

Parpadeé varias veces.

¿Acaso estaba viendo cosas?

Mis manos estaban frías y húmedas. Agarré con más fuerza la cuerda. Respirando profundamente, salí por la pequeña ventana cuadrada.

El lazo colgaba frente al granero.

Abajo, abajo. Caí al suelo sobre mis pies.

—¡Auch! —grité cuando la cuerda me quemó las manos.

Corrí a la vuelta del granero. Quería alcanzar a ese espantapájaros. Deseaba ver si realmente era un espantapájaros, un espantapájaros que podía correr.

Ignorando mi temor, corrí tan rápido como pude.

No había señales de él en este lado del granero.

Me empezó a doler el pecho. Sentía un dolor fuerte en las sienes. Di la vuelta en la esquina y me fui a la parte trasera del granero, buscando al espantapájaros que escapaba.

¡Y me econtré de frente con Palitos!

—¡Ey! —gritamos al tiempo al chocar.

Rápidamente me alejé de él. Miré a lo lejos, pero el espantapájaros había desaparecido.

—¿Por qué tan deprisa? —preguntó Palitos—. Casi me tumbas.

Llevaba puestos unos *jeans* desteñidos, rotos en ambas rodillas, y una descolorida camiseta ajustada que sólo mostraba lo flaco que era. Tenía su negro cabello atado en una corta cola de caballo.

—¡Un... un espantapájaros! —tartamudeé.

Luego, en ese instante, lo supe.

En ese momento, resolví el misterio completo de los espantapájaros.

13

No era un espantapájaros.

Era Palitos.

En el bosque, cerca del arroyo. Y ahora, en el granero.

Palitos. Haciendo uno de sus tontos trucos.

Y repentinamente tuve la certeza de que también él había hecho que los espantapájaros se retorcieran, y trataran de bajarse de sus estacas la noche anterior.

A Palitos le gustaba hacerle bromas a los chicos citadinos. Desde cuando Mark y yo éramos pequeños, nos había jugado horribles y tontas bromas.

Algunas veces, podía ser un muchacho agradable. Pero tenía una veta cruel.

—Pensé que estabas pescando —dijo casualmente.

—Pues ya ves que no —dije bruscamente—. Palos, ¿por qué sigues tratando de asustarnos?

—¿Qué? —pretendía no saber de qué le estaba hablando.

—Palos, deja el asunto —refunfuñé—. Sé que tú eras el espantapájaros. ¡No soy estúpida!

—¿El espantapájaros? ¿Cuál espantapájaros? —preguntó con una inocente expresión de sorpresa.

—Estabas vestido como un espantapájaros —lo acusé—. O cargaste uno hasta acá y lo halabas con una cuerda o algo así.

—Estás totalmente loca —contestó Palos furioso—. ¿Has estado mucho tiempo bajo el sol o algo?

—Palitos, no más —dije—. ¿Por qué estás haciendo esto? ¿Por qué quieres atemorizarnos? También asustaste a tu padre.

—¡Jodie, estás chiflada! —exclamó—. Yo realmente no tengo tiempo de disfrazarme para divertirte a tí y a tu hermano.

—Palitos, no me engañes —insistí—. Tú. . .

Me detuve cuando vi que su expresión cambió.

—¡Papá! —gritó atemorizado—. ¡Papá! ¿Dijiste que él estaba asustado?

Asentí con la cabeza.

—¡Tengo que encontrarlo! —exclamó Palitos desesperadamente—. Él. . . ¡Él pudo hacer algo terrible!

—¡Palos, tu broma ha ido demasiado lejos! ¡Basta!

Pero ya se había ido corriendo hacia el frente del granero, llamando a su padre, con voz estridente y angustiada.

No encontró a su padre hasta la hora de la comida. Entonces fue cuando lo volví a ver, justo antes de la comida. Cargaba su gran libro de supersticiones, lo sostenía fuertemente bajo el brazo.

—Jodie —me dijo en voz baja, indicándome que me acercara. Su rostro estaba rojo. Sus oscuros ojos revelaban su agitación.

—Hola, Stanley —dije en voz baja, vacilante.

—No le cuentes al abuelo Kurt lo del espantapájaros —susurró Stanley.

—¿Mmm?— la sugerencia de Stanley me cogió desprevenida.

—No le cuentes a tu abuelo —repitió Stanley—, sólo conseguirías alterarlo. No queremos asustarlo, ¿verdad?

—Pero, Stanley… —comencé a protestar.

Stanley puso un dedo sobre sus labios.

—No le digas, Jodie. A tu abuelo no le gusta estar preocupado. Yo me haré cargo del espantapájaros. Tengo el libro— le dió un golpecito al libro, con el dedo.

Empecé a decirle que el espantapájaros era Palitos, jugándonos una broma tonta. Pero la abuela Miriam nos llamó a la mesa, antes de que yo pudiera terminar.

Stanley llevó su libro de supersticiones a la mesa. Cada vez que comía un poco, tomaba su gran libro negro y leía algunos párrafos.

Movía sus labios al leer. Pero, yo, sentada al otro extremo de la mesa, y no alcanzaba a leer sus las palabras.

Palos no levantó la cabeza del plato y no musitó palabra. Creo que estaba realmente avergonzado de que su padre estuviera leyendo un libro de supersticiones a la hora de comer.

Pero los abuelos no parecían sorprendidos de manera alguna. Nos hablaban alegremente, a Mark y a mí, mientras nos pasaban más alimentos, como si no hubieran notado el comportamiento de Stanley.

Realmente quería contarle al abuelo Kurt, cómo Palos quería asustarnos a Mark y a mí. Pero decidí hacerle caso a Stanley y no preocupar a mi abuelo.

Además, yo podría arreglármelas con Palitos, en caso de que tuviera que hacerlo. Él se creía tan duro. Pero yo no le tenía ni siquiera un poquito de miedo.

Stanley seguía farfullando al leer, y mientras la abuela pasaba a lavar los platos de la comida, Mark y yo le ayudamos. Luego, nos sentamos al tiempo que la abuela Miriam acercaba a la mesa un gran pastel de cerezas.

—Extraño —me susurró Mark, observando el pastel.

Tenía razón.

—¿Acaso no es el pastel de manzana lo que le gusta al abuelo Kurt? —se me escapó.

La abuela me sonrió un poco tensa.

—Todavía no hay cosecha de manzanas— murmuró.

—¿Pero el abuelo Kurt no es alérgico a las cerezas? —preguntó Mark.

La abuela Miriam comenzó a partir el pastel.

—A todo el mundo le gusta el pastel de cerezas— contestó, concentrándose en lo que estaba haciendo.

Luego, levantó los ojos y miró a Stanley.

—¿No es así, Stanley?

Stanley sonrió detrás de su libro y dijo:

—Es mi favorito. La abuela Miriam siempre sirve lo que me gusta.

Después de la comida, el abuelo Kurt se negó a contarnos a Mark y a mí una historia de miedo.

Estábamos sentados alrededor de la chimenea, observando las crujientes llamas amarillas. Aunque el día había sido caluroso, el aire era más fresco esta noche, tan fresco, como para encender la chimenea.

El abuelo Kurt estaba en su mecedora a un lado de la chimenea. La vieja silla de madera crujía mientras se mecía lentamente hacia adelante y hacia atrás.

Siempre le había gustado observar el fuego y contarnos tenebrosas historias. Uno podía ver las agitadas llamas reflejadas en sus ojos azules. Y hablaba más pasito, a medida que la historia se hacía más tenebrosa.

Pero esta noche, se encogió de hombros cuando le pedí que nos contara una historia. Miraba sin entusiasmo el enorme oso disectado sobre su pedestal contra la pared. Luego, miró a Stanley que se encontraba al otro lado de la sala.

—Ojalá supiera algunas buenas historias —dijo el abuelo Kurt con un suspiro—, pero se me han acabado.

Un rato después, Mark y yo subimos por las escaleras, arrastrando los pies hasta nuestras habitaciones.

—¿Cuál es el problema? —susurró Mark mientras subíamos.

Sacudí mi cabeza.

—No entiendo.

—Él se ve tan... diferente —dijo Mark.

—Todos aquí parecen distintos —dije—. Excepto Palitos. Él aún trata de asustarnos.

—Tratemos de ignorarlo —sugirió Mark—. Actuemos como si no lo viéramos merodeando con su estúpido disfraz de espantapájaros.

Estuve de acuerdo. Luego le di las buenas noches y entré en mi cuarto.

"Ignora los espantapájaros", pensé mientras acomodaba los tendidos en la cama.

"Sólo ignóralos".

"No voy a volver a pensar en los espantapájaros", me dije.

"Palos bien puede irse al diablo".

Me metí en la cama, halé el edredón hasta mi mentón. Me acosté de espaldas, mirando las grietas que había en la pintura del techo, tratando de imaginarme alguna imagen que pudieran formar. Había tres grietas irregulares. Decidí que parecían unos rayos. Si entrecerraba los ojos, parecían un anciano con barba.

Bostecé. Realmente tenía sueño, pero no podía quedarme dormida.

Sólo era mi segunda noche en la finca. Siempre me toma algún tiempo adaptarme a un nuevo lugar, y a una cama diferente.

Cerré mis ojos. A través de la ventana abierta, podía oír el suave mugido de las vacas, desde el establo.

Y podía escuchar el suave susurro del viento al pasar entre los altos tallos de maíz.

Mi nariz estaba totalmente tapada.

"Apuesto que esta noche voy a roncar", pensé.

"¡Si pudiera quedarme dormida!"

Traté, contando ovejas. No funcionó, entonces, conté vacas. Grupos de vacas muy gordas que se movían leeeeeentameeeeente.

Conté hasta ciento doce, antes de decidir que tampoco funcionaba.

Me puse de lado. Luego, después de algunos minutos, intenté el otro lado.

Me vi recordando a mi mejor amiga, Shawna. Me preguntaba si Shawna estaría contenta en su campo de verano.

Pensé en algunos de mis otros amigos. La mayoría de ellos, holgazaneando durante este verano, sin hacer nada en especial.

Cuando miré el reloj, me sorprendí al ver que eran casi las doce. "Tengo que quedarme dormida", me dije a mí misma. "Estaré hecha polvo mañana, si no duermo un poco".

Me puse de espaldas, halando el edredón hacia mi mentón, otra vez. Cerré mis ojos y traté de no imaginarme nada. Vacío, un espacio negro. Un infinito espacio negro.

Lo siguiente que supe, es que estaba oyendo unos rasguños.

Al principio, los ignoré. Creí que eran las cortinas golpeando contra la ventana abierta.

"Duérmete", me dije con insistencia. "Duérmete".

Luego, los ruidos aumentaron, se acercaron.

Oí como un rasguño prolongado. ¿Provenía de afuera de la ventana?

Abrí los ojos. Unas sombras bailaban en el techo. Me dí cuenta de que estaba conteniendo la respiración.

Otro ruido. Más rasguños. Un rasguño seco.

Oí un quejido sordo.

—¿Mmmm?—. Un ahogado grito de temor escapó de mis labios. Me senté y me recosté contra la cabecera. Halé el edredón hasta mi barbilla, agarrándolo fuertemente, con las dos manos.

Oía más ruidos. Como papel de lija, pensé.

De repente, la habitación se oscureció más.

Ví que algo se levantaba hacia la ventana. Una oscura figura. Tapando la luz de la luna.

—¿Quién. . . quién está ahí? —traté de decir, pero mi voz salió como un susurro ahogado.

Pude ver la sombra de una cabeza, negra contra el cielo púrpura.

Se levantó. Oscuros hombros. Seguidos de un oscuro pecho. Negro, todo negro.

Una silenciosa sombra, deslizándose en mi cuarto.

—A... ¡auxilio! —otro susurro entrecortado.

Mi corazón había dejado de palpitar. No podía respirar. No podía respirar.

Se deslizó por la repisa de la ventana. Sacudiendo las cortinas mientras entraba en mi habitación. Arrastraba sus pies por el suelo. *Crach, crach, crach.*

Se movía lentamente, directo hacia mi cama.

Luché para levantarme.

Demasiado tarde.

Mis pies se enredaron en la colcha.

Caí al suelo, sobre los codos.

Levanté los ojos para verlo cuando se acercaba.

Abrí la boca para gritar cuando emergió de las sombras.

Y entonces lo reconocí. Reconocí su rostro.

—¡Abuelito Kurt! —grité—. Abuelito Kurt, ¿qué estás haciendo aquí? ¿Por qué entraste por la ventana?

No respondió. Me observó con sus fríos ojos azules. Su rostro se contorsionó en un horrible gesto.

Levantó sus brazos sobre mí.

Y vi que no tenía manos.

Un matorral de paja sobresalía por las mangas de su chaqueta.

Sólo paja.

—Abuelito. . .¡no! —grité con horror.

14

—Abuelito, por favor, ¡No! —grité cuando bajó sus brazos de paja hacia mí.

Me mostró los dientes como un perro rabioso y dejó salir un agudo y terrible bramido.

Se agachó para agarrarme.

El rostro de mi abuelo era el mismo. El que yo siempre había visto. Excepto por esos ojos tan fríos, tan fríos y muertos.

Las manos de paja, pasaron por mi rostro, mientras me ponía en pie. Di un paso atrás, levantando las manos como un escudo para protegerme.

—Abuelito, ¿cuál es el problema? ¿Qué está pasando? —dije en voz baja.

Mis sienes palpitaban. Todo mi cuerpo temblaba.

Sus fríos ojos se estrecharon con furia al tiempo que intentaba alcanzarme otra vez.

—¡Noooo! —dejé escapar un aullido de terror. Luego me volteé y tropecé contra la puerta.

Sus pies raspaban el suelo mientras se me acercaba

71

tambaleándose. Cuando miré hacia abajo, ví que la paja salía por las mangas de sus pantalones.

Sus pies, también eran de paja.

—¡Abuelito Kurt! ¡Abuelito Kurt! ¿Qué está sucediendo?

¿Era esa realmente mi voz, tan estridente y aterrorizada?

Sacudió un brazo y la paja me rasguñó la espalda.

Agarré la manija de la puerta. Le di vuelta. Empujé y abrí la puerta.

Y grité otra vez, cuando choqué con la abuela Miriam.

—¡Auxilio! ¡Por favor ayúdame! ¡Abuelita Miriam, él me está persiguiendo! —grité.

Su expresión no cambió. Me observaba.

Enfoqué su rostro en la tenue luz del corredor.

Me di cuenta de que sus anteojos estaban pintados. Y sus ojos. Y la boca. Y su grande y redonda nariz. Todo su rostro estaba pintado.

—¡No eres real! —grité.

Luego, la oscuridad me envolvió cuando las manos de paja del abuelo cubrieron mi cara.

15

Me desperté tosiendo y ahogándome.

Rodeada por la oscuridad. Una pesada oscuridad.

Me tomó algunos minutos darme cuenta de que estaba durmiendo con la almohada sobre mi cara.

La tiré a los pies de la cama, me senté, respirando fuerte. Mi rostro estaba caliente, mi piyama húmeda y pegada a mi espalda.

Miré hacia la ventana, repentinamente me asusté pensando que veía una figura oscura, entrando por ella.

Las cortinas se sacudían suavemente. El cielo estaba aún gris. Oí el estridente cacarear de un gallo.

Un sueño. Todo había sido una horrible pesadilla.

Respirando profunda y lentamente, puse mis pies en el suelo.

Miré fijamente la gris luz de la mañana a través de la ventana.

"Sólo un sueño", me aseguré a mí misma. "Cálmate, Jodie. Fue sólo un sueño".

Pude oír que alguien bajaba por las escaleras. Tambaleándome llegué al armario, saqué ropa fresca, unos *jeans* desteñidos y una camiseta azul sin mangas.

Mis ojos estaban llorosos. Todo era borroso. Mis alergias estaban peor esta mañana.

Frotando mis ojos me dirigí a la ventana y miré hacia afuera con los ojos aún congestionados. El sol como una bola roja, se asomaba por detrás del frondoso manzano. El abundante rocío de la mañana hacía brillar el prado del patio trasero, como si fuera de esmeralda.

El mar de tallos de maíz se veía oscuro detrás del pasto.

Los espantapájaros permanecían rígidos por encima de ellos, con los brazos estirados como dándole la bienvenida a la mañana.

El gallo cacareó de nuevo.

"Qué pesadilla tan estúpida" pensé. Me sacudí, como si tratara de sacudirla de mi memoria. Luego, pasé un cepillo por mi cabello y bajé rápidamente a desayunar.

Precisamente Mark entraba en la cocina al mismo tiempo que yo. Encontramos a la abuela Miriam sola, a la mesa. Una jarra de té humeaba frente a ella, mientras contemplaba la luz del sol matutino.

Se volteó y nos sonrió cuando entramos.

—Buenos días. ¿Durmieron bien?

Estuve tentada a contarle mi tenebrosa pesadilla. Pero, en cambio, pregunté:

—¿Dónde está el abuelito Kurt? —yo veía su silla vacía. El periódico, sin abrir, estaba encima de la mesa.

—Todos salieron temprano esta mañana —contestó la abuela.

Se levantó, caminó hasta los gabinetes y trajo una gran caja de *cornflakes* a la mesa. Nos invitó a sentarnos en nuestros puestos.

—Bonito día —dijo alegremente.

—¿No hay *pancakes*? —dijo Mark.

La abuela se detuvo en la mitad del comedor. —He olvidado completamente cómo hacerlos —dijo, sin voltearse.

Puso dos platos y se fue al refrigerador a sacar la leche.

—Niños, ¿quieren jugo de naranja? Está recién hecho.

La abuela Miriam puso la caja de leche sobre la mesa, junto a mi plato. Me sonrió. Sus ojos se veían sin brillo, detrás de sus anteojos cuadrados.

—Espero que ustedes dos estén disfrutando su visita —dijo calmadamente.

—Si no fuera por Palitos, la estaríamos pasando bien —dije.

Se sorprendió:

—¿Palitos?

—Está tratando de asustarnos otra vez —dije.

La abuelita chasqueó los dientes. —Ustedes conocen a Palitos —dijo suavemente.

Se acomodó su cabello rojo con las dos manos. —¿Qué

planes tienen para hoy? —preguntó entusiasmada—.
La mañana está linda para montar a caballo. Antes de
irse esta mañana, el abuelo le pidió a Stanley que
ensillara a Betsy y a Maggie, por si acaso ustedes
querían montar.

—Suena divertido —le dije— ¿Qué dices, Mark?
¿Vamos antes de que empiece a hacer mucho calor
afuera?

—Bueno —contestó Mark.

—Ustedes siempre disfrutan cuando van a montar
por el arroyo —dijo la abuela Miriam, retirando la caja
de *cornflakes*.

La observé a través del salón, observé su cabello rojo,
sus rechonchos brazos y su vestido floreado.

—¿Estás bien abuelita? —pregunté. Las palabras se
salieron de mi boca. —¿Todo está bien aquí?

No respondió. En cambio, bajó los ojos, evitando mi
mirada.

—Vayan a montar —dijo tranquilamente—. No se
preocupen por mí.

El abuelo Kurt solía llamar a Betsy y a Maggie "las
viejas yeguas grises". Porque ambas eran grises y ambas
eran viejas. Se ponían retrecheras cuando Mark y yo
las montábamos y queríamos salir del establo.

Eran los perfectos caballos para nosotros, "los chicos
de la ciudad". Las únicas veces que montábamos, era
durante los veranos en la finca. Y no éramos los más
hábiles jinetes del mundo. Zarandeándonos en esos

dos viejos rocines íbamos a la velocidad adecuada para nosotros. Y aunque nos moviéramos muy despacio, yo apretaba mis rodillas contra los costados de Betsy y me sostenía en la perilla de la silla, para conservar mi vida.

Tomamos el polvoriento camino que pasaba por los maizales hacia el bosque. El sol todavía estaba detrás de un cielo nublado y amarillo. Pero el aire ya estaba caliente y pegajoso.

Los mosquitos zumbaban a mi alrededor cuando salté sobre Betsy. Quité una mano de la perilla de la silla, para espantar una mosca grande del lomo de Betsy.

Varios espantapájaros nos observaban al pasar. Nos miraban enfurecidos, con sus negros ojos, por debajo de sus desmadejados sombreros.

Mark y yo no dijimos ni una palabra. Cumplíamos la promesa de no hablar sobre los espantapájaros. Miré hacia el bosque y aflojé las riendas, animando a Betsy para que se moviera un poco más rápido.

Claro que ella me ignoró y siguió por el sendero con su paso lento y firme.

—Me sorprendería si estos caballos fueran al trote —dijo Mark. Iba unos pasos detrás de mí en el angosto y polvoriento camino.

—¡Intentemos! —le dije, ajustando fuertemente las riendas.

Apreté los tenis contra los costados de Betsy.

—¡Vamos nena, vamos! —grité, dándole un correazo suave con las riendas.

—¡Uuuua! —solté un asustado grito cuando el viejo caballo obedeció, empezó a trotar. ¡Realmente, no creí que cooperara!

—¡Bien! ¡Tranquila! —oí que Mark gritaba detrás de mí.

Cuando los dos caballos empezaron a trotar, se oían los furtes ruidos que hacían sus cascos. Yo saltaba con fuerza sobre la silla, sosteniéndome con firmeza, tratando de mantener el equilibrio, pensando si había sido una idea absurda.

No tuve tiempo de gritar cuando la figura oscura se precipitó a cruzar el camino.

Todo sucedió tan rápido.

Betsy estaba trotando velozmente. Yo brincaba en la silla, brincaba tan duro, que mis pies se salieron de los estribos.

La oscura figura saltó justo frente a nosotros.

Betsy soltó un estridente y atemorizado relincho, y se encabritó.

Cuando empecé a caer, vi lo que se nos había cruzado en el camino.

Era un espantapájaros con su sonrisa burlona.

16

Betsy se paró en las patas traseras y relinchó fuerte. Traté de tomar las riendas, pero éstas se me resbalaron. El cielo parecía darme vueltas, luego se detuvo.

Me caí hacia atrás, primero de la silla y luego del caballo, mis pies buscando con desesperación los estribos.

El cielo daba más vueltas.

Me di un fuerte golpe al caer de espaldas.

Sólo recuerdo el impacto abrupto al caer a tierra, la sorpresa de sentir el suelo tan duro, y la rapidez con la que sentí dolor en todo mi cuerpo.

El cielo se puso rojo brillante. Resplandeciente escarlata. Como una explosión.

Luego, el escarlata se desvaneció y se convirtió en un intenso, profundo, infinito negro.

Oí unos leves gemidos antes de abrir los ojos. Reconocí la voz, era la de Mark.

Mis ojos todavía estaban cerrados, abrí la boca para llamarlo. Mis labios se movían, pero no salía ningún sonido de ellos.

—Aaaah— otro quejido de él, no muy lejos de donde yo estaba.

—¿Mark? —logré decir. Me dolía la espalda, los hombros y sentía que la cabeza me iba a estallar.

Todo me dolía.

—Mi muñeca, creo que me la partí —dijo Mark con voz asustada y quejumbrosa.

—¿También te caíste? —le pregunté.

—Sí, también —se quejó.

Abrí los ojos. Finalmente. Abrí mis ojos. Y vi el cielo nublado.

Todo se veía borroso. Todo borroso, porque tenía los ojos aguados.

Miré al cielo, tratando de enfocarlo.

Luego, vi una mano en frente del cielo. Una mano que bajaba hacia mí.

Una huesuda mano que salía de un oscuro abrigo.

Me di cuenta de que era la mano de un espantapájaros, la miré indefensa.

La mano del espantapájaros que trataba de agarrarme.

17

La mano me agarró el hombro.

Demasiado aterrorizada para gritar, muy aturdida para pensar con claridad, seguí con la mirada la manga del abrigo oscuro hasta su hombro, y luego la cara.

Borroso. Todo era terriblemente borroso.

Luego, vi claramente el rostro.

—¡Stanley! —grité.

Se inclinó hacia mí, sus rojas orejas brillaban, y tenía una expresión de preocupación. Me tomó gentilmente por el hombro.

—Jodie, ¿estás bien?

—¡Stanley, eres tú! —exclamé muy contenta. Me senté—.Creo que estoy bien. No sé. Todo me duele.

—Qué mala caída —dijo Stanley suavemente—. Yo estaba en el cultivo. Y lo vi todo. Vi al espantapájaros...

Su voz se fue apagando, y seguí su mirada que estaba puesta en el sendero.

El espantapájaros yacía boca abajo en el camino.

—Vi cuando saltó —dijo Stanley, con un estremecimiento que sacudía todo su cuerpo.

—Mi muñeca... —se quejó Mark, que estaba cerca.

Me volteé mientras Stanley se apresuraba hacia él. Mark estaba sentado en el pasto, a un lado del camino, sosteniendo su muñeca.

—Miren, se me está empezando a hinchar —se lamentó.

—Uuuuy, qué malo. Qué mala cosa —dijo Stanley, sacudiendo la cabeza.

—Tal vez sea sólo un esguince— sugerí.

—Sí —Stanley afirmó rápidamente—. Será mejor llevarte a casa y ponerte un poco de hielo. ¿Podrás montar otra vez a Maggie? Te seguiré.

—¿Dónde está mi yegua? —pregunté, buscándola a lo largo del camino. Me paré con dificultad.

—Se devolvió a galope, hasta el establo —respondió Stanley—. ¡Iba lo más rápido que la he visto en muchos años!

Miró al espantapájaros y se estremeció otra vez.

Di algunos pasos, estirando la espalda y los brazos.

—Estoy bien —le dije—. Ayuda a Mark a subir al caballo. Yo caminaré.

Stanley ansiosamente empezó a ayudar a Mark a ponerse en pie. Pude ver que Stanley quería irse de este lugar, alejarse del espantapájaros, tan rápido como fuera posible.

Los observé bajar por el camino hacia la casa. Stanley se sentó en la silla, detrás de Mark, sosteniendo las riendas, manteniendo el lento paso de Maggie. Mark sostenía su muñeca junto al pecho, recostado contra Stanley.

Estiré los brazos por encima de mi cabeza, tratando de aliviar un poco el dolor de espalda. Me dolía la cabeza. Pero aparte de eso, no me sentía mal.

—Tengo suerte —dije en voz alta.

Observé un rato al espantapájaros que estaba desparramado en el camino. Con cautela, caminé hacia él.

Le dí un puntapié.

La paja debajo del abrigo chasqueó.

Le di una patada más fuerte, hundiendo mi tenis en la mitad del espantapájaros.

No sé realmente qué esperaba que sucediera. ¿Acaso creía que el espantapájaros iba a gritar? ¿Que se retorcería?

Con un fuerte grito, lo pateé bien duro.

Y lo volví a patear.

La cabeza de costal saltó por el camino. El repugnante y sonriente espantapájaros no se movió.

"Es sólo un espantapájaros", me dije, dándole la última patada que le sacó la paja del abrigo.

Sólo un espantapájaros que Palitos tiró en el camino. "Nos hubiera asesinado a Mark a mí" —me dije a mí misma—, "tenemos suerte de estar vivos".

"Palitos. Tuvo que ser Palitos".

Pero, ¿por qué?

Esta no era una broma.

¿Por qué Palitos estaría tratando de hacernos daño?

83

18

Stanley y Palitos no almorzaron con nosotros. El abuelo Kurt dijo que habían ido al pueblo a traer provisiones.

La muñeca de Mark sólo tenía un esguince. La abuela le puso una bolsa de hielo, y la hinchazón bajó. Pero Mark gemía de dolor. Realmente exageraba.

—Supongo que tendré que tenderme en el sofá y ver televisión durante una semana o más —gimoteó Mark.

La abuela sirvió sándwiches de jamón y ensalada de repollo. Mark y yo engullimos el almuerzo. Tanto alboroto nos había dejado muertos de hambre.

Mientras comíamos decidí contarle al abuelo todo lo que nos había estado sucediendo. No pude aguantar más.

Le conté cómo Palitos estaba haciendo mover a los espantapájaros por las noches. Y cómo trataba de atemorizarnos, haciéndonos creer que los espantapájaros estaban vivos.

Vi un asomo de miedo en los azules ojos del abuelo.

Pero luego sus pálidas mejillas se ruborizaron y su mirada se tornó ausente.

—Palitos y sus pequeñas bromas —dijo finalmente, una sonrisa apareció en su rostro—. A ese chico seguro le gustan sus bromas.

—No está bromeando —insistí—. Abuelo, él realmente está tratando de asustarnos.

—¡Pudimos haber sido asesinados esta mañana! —intervino Mark. Tenía su mejilla embadurnada de mayonesa.

—Palitos es un buen muchacho —murmuró la abuela. También sonrió. Ella y el abuelo Kurt intercambiaron miradas.

—Palitos realmente no los maltrataría —dijo suavemente el abuelo—. A él sólo le gusta divertirse.

—Magnífica diversión —refunfuñé sarcásticamente, volteando los ojos.

—Sí, qué divertido —se quejó Mark—. Casi me parto la muñeca.

Los abuelos sonrieron, sus rostros se congelaron como las caras pintadas de los espantapájaros.

Después del almuerzo, Mark se dejó caer sobre el sofá, en donde planeaba pasar el resto de la tarde viendo televisión. Le encantaba tener una excusa para no salir.

Oí que el camión de Stanley se detuvo. Decidí salir al encuentro de Palitos y decirle lo hartos que estábamos con los estúpidos trucos que hacía con los espantapájaros.

Yo no creía que sus chistes fueran divertidos. Realmente pensaba que él trataba de asustarnos o herirnos, y yo necesitaba descubrir por qué.

No vi ni a Stanley ni a Palitos afuera, en el patio. Entonces, caminé hasta la casa donde vivían.

Era un cálido y bonito día. El cielo estaba claro y radiante. El aire se sentía fresco y tenía un agradable aroma.

Pero no pude disfrutar de la luz del sol. Sólo pude pensar en hacerle saber a Palitos lo disgustada que estaba.

Llamé a la puerta de la casa de huéspedes. Respiré profundo y sacudí mi cabello por detrás de mis hombros, oí señales de vida adentro.

Traté de pensar lo que le iba a decir a Palitos. Pero estaba demasiado furiosa como para planearlo. Mi corazón comenzó a palpitar. Me di cuenta de que estaba respirando agitadamente.

Toqué otra vez a la puerta, más fuerte. No había nadie.

Me di vuelta y observé los maizales. Los tallos permanecían rígidos, vigilados por los inmóviles espantapájaros. No había señales de Palitos por ninguna parte.

Miré al establo desde la casa de huéspedes. "Tal vez Palitos esté allá", pensé.

Troté hasta el granero. Dos enormes cuervos saltaron, y se pararon en frente de las dos puertas que estaban

86

abiertas. Aletearon con fuerza y se apartaron del camino.

—¿Palitos? —grité entrecortadamente mientras entraba.

Nadie respondió.

El granero estaba en tinieblas y esperé que mis ojos se acostumbraran a la oscuridad.

Recordando mi última y espeluznante visita al granero, caminé de mala gana, mis tenis haciendo crujir la paja que cubría el suelo.

—¿Palitos? ¿Estás aquí?— llamé, mirando con atención las sombras.

Una máquina oxidada para empacar paja estaba a un lado de las pacas. Había una carretilla recostada contra la pared. No había visto ninguna de las dos antes.

—Creo que no está aquí —dije en voz alta.

Pasé la carretilla. Vi algo que no había notado antes: un montón de sacos en el piso del granero. Unos costales vacíos apilados junto a ellos.

Recogí uno. Éste tenía una cara pintada de negro, con el ceño fruncido. Dejé caer el costal en la pila otra vez.

Me di cuenta de que eran los materiales con los que Stanley hacía los espantapájaros.

¿Cuántos espantapájaros más pensaba fabricar?

Luego, algo que estaba en el rincón, llamó mi atención. Caminé rápidamente sobre la paja. Me incliné para examinarlo.

Antorchas. Por lo menos una docena de ellas,

amontonadas en el rincón, ocultas en la oscuridad. Al lado de ellas, vi una botella de queroseno.

"¿Qué diablos están haciendo estas cosas aquí?", me pregunté.

Repentinamente, escuché el ruido de rasguños. Vi sombras que se deslizaban contra otras sombras.

Otra vez me di cuenta de que no estaba sola.

Salté.

—¡Palitos! —grité—, me asustaste.

La mitad de su cara estaba oculta en la oscuridad. Su negro cabello caía sobre la frente. No sonrió.

—Te lo advertí— dijo en tono amenazante.

19

Sintiendo el miedo subirme a la garganta, me retiré del rincón y pasé por delante de él, para ubicarme a la luz de la entrada.

—Te... te estaba buscando —tartamudeé—. Palitos, ¿por qué estás tratando de asustarnos a Mark y a mí?

—Te lo advertí —dijo bajando la voz, como un susurro—. Les advertí que se alejaran de aquí, que se devolvieran a la casa.

—Pero, ¿por qué? —reclamé— ¿Cuál es tu problema, Palitos? ¿Qué te hicimos? ¿Por qué estás tratando de asustarnos?

—Yo no —contestó Palitos. Miró nerviosamente las puertas del granero.

—¿Mmm?— lo miré boquiabierta.

—No estoy tratando de asustarlos, de verdad —insistió.

—Mentiroso —dije furiosa—. Tú crees que soy imbécil. Yo sé que tiraste ese espantapájaros en nuestro camino esta mañana. Tuviste que ser tú, Palitos.

—Realmente no sé de qué estás hablando —insistió con frialdad, pero te lo advierto…

Un ruido en la puerta hizo que se callara.

Vimos a Stanley entrando en el granero. Se protegía los ojos con una mano, mientras se acostumbraba a la oscuridad.

—Palitos, ¿estás ahí?— llamó.

De pronto, Palitos puso cara de miedo. Se le salió un leve grito ahogado.

—Tengo que irme —me susurró tensamente Palitos. Se volteó y corrió hacia Stanley—. Aquí estoy, papá —dijo—. ¿Ya está listo el tractor?

Los vi salir rápidamente del granero. Palitos no miró para atrás.

Me quedé en la oscuridad, mirando la puerta, pensando seriamente.

"Sé que Palitos me está mintiendo", pensé.

Sé que hacía que los espantapájaros se movieran por la noche. Sé que se vistió como un espantapájaros para asustarme en el bosque y en el granero. Y sé que tiró ese espantapájaros en frente de los caballos esta mañana.

Sé que trata de asustarnos.

Pero, decidí que ya era suficiente.

Era hora de la venganza.

Llegó el momento de asustar a Palitos. Asustarlo de verdad.

20

—¡No puedo hacerlo!— protestó Mark.

—Claro que puedes —le aseguré—. Va a ser en realidad emocionante.

—Pero me duele otra vez la muñeca —lloriqueó mi hermano—. Me empezó a doler y no podré usarla.

—No hay problema —le dije—. No tendrás que usarla.

Seguía protestando. Pero luego sonrió, y sus ojos se iluminaron de alegría.

—Es una idea bien emocionante —dijo riéndose.

—Claro que es una idea buenísima —reconocí—. ¡Ya lo había pensado!

Estábamos parados a la entrada del granero. La luz blanca de la luna llena brillaba sobre nosotros. Los búhos gritaban en alguna parte cercana.

Era una noche fresca y clara. El rocío hacía brillar el pasto. Los árboles susurraban con la suave brisa. La luna estaba tan brillante, que podía ver cada brizna de pasto.

Después de que los abuelos se acostaron, saqué a rastras a Mark de la casa. Lo empujé hasta el granero.

—Espera aquí —dije. Luego, entré rápidamente al granero para recoger lo que necesitábamos.

El granero era un poco tenebroso por la noche. Oí un suave aleteo en las vigas del techo.

Tal vez un murciélago.

Mis zapatos de tenis se habían mojado en el pasto. Me resbalé sobre la paja del suelo.

El murciélago bajó en picada por encima de mi cabeza. Escuché estridentes chillidos arriba, en las vigas. Más murciélagos.

Agarré uno de los viejos abrigos del montón. Luego, saqué uno de los costales con caras pintadas, y lo coloqué encima del abrigo.

Ignorando los revuelos en picada por un lado y otro, en todo el granero, salí corriendo, hasta donde estaba Mark.

Le expliqué mi plan, mi plan para vengarnos de Palitos.

De verdad era un plan muy sencillo. Mark se disfrazaría de espantapájaros. Se metería en el maizal junto con los demás espantapájaros.

Yo iría a la casa de huéspedes y traería a Palitos. Le diría que había visto algo extraño en el campo. Lo obligaría a ir hasta el sembrado. Mark empezaría a tambalearse hacia él, ¡y Palitos quedaría muerto del susto!

Un plan simple. Y muy bueno.

Además, Palitos se lo merecía.

Metí la cabeza de Mark en el costal. Los ojos pintados de negro me miraban fijamente. Me agaché y recogí una manotada de paja, y comencé a embutirla por debajo del costal.

—¡Deja de retorcerte! —le dije.

—Pero es que la paja me pica —gritó.

—Ya te acostumbrarás —le aclaré. Lo cogí de los hombros—. Quédate quieto.

—¿Por qué tengo que aguantar esta paja? —gimió.

—Mark: tienes que parecerte a los demás espanta-pájaros —le dije. De lo contrario, Palitos nos descubrirá.

Rellené la cara del costal con la paja. Luego, sostuve el abrigo para que Mark se lo pusiera.

—¡No puedo hacerlo! —se quejó—. ¡Esta picazón me va a matar! ¡No puedo respirar!

—Puedes respirar perfectamente —le dije. Le metí paja entre las mangas. Tuve cuidado de dejar la paja colgando por fuera de los puños del saco, cubriendo las manos de Mark. Luego atiborré la chaqueta con más paja.

—¿Podrás quedarte quieto? —le dije al oído, furiosa—. Es un trabajo duro, ¿sabes?

Rezongó para sí mismo, en voz baja, mientras yo seguía trabajando.

—Piensa en lo grandioso que será cuando Palitos te vea y crea que eres un espantapájaros que realmente está cobrando vida —le dije.

93

La paja se me pegaba en las manos, en mi camiseta y en mis *jeans*. Estornudé. Una vez. Dos veces. Definitivamente soy alérgica a todo.

Pero no me preocupé. Estaba tan emocionada. No podía esperar para ver la aterrorizada cara de Palitos. No podía esperar para vengarme de él por haber tratado de asustarnos toda la semana.

—Necesito un sombrero —dijo Mark. Permanecía recto, tenía miedo de moverse dentro de toda esa paja.

"Mmmm", me quedé pensando, "en el granero no había ningún sombrero con las demás cosas de los espantapájaros".

—Tendremos que quitarle el sombrero a uno de los verdaderos espantapájaros —le dije a Mark.

Retrocedí para ver mi obra. Mark se veía muy bien. Pero todavía necesitaba más paja. Me puse a rellenarlo, haciendo que el viejo saco se viera repleto.

—Ahora, no olvides estar quieto y erguido. Con los brazos estirados —le indiqué.

—¿Acaso tengo alternativa? —se quejó Mark—. ¡No puedo moverme!

—Bien —dije. Le acomodé la paja que sobresalía por las mangas, luego retrocedí:

—Bien, estás listo —le dije.

—¿Cómo me veo? —preguntó.

—Como un espantapájaros bajito —le contesté.

—¿Soy muy bajito? —preguntó.

—No te preocupes, Mark —dije, agarrándolo del brazo.

—¡Voy a ponerte en una estaca!

—¿Mmm?

Me reí.

—Caíste —murmuré—. Es un chiste.

Comencé a guiarlo hasta el maizal.

—¿Crees que va a funcionar? —preguntó Mark, caminando derecho—. ¿Crees que realmente vamos a asustar a Palitos?

Asentí con la cabeza. Expresé una sonrisa diabólica.

—Sí creo— le dije a mi hermano—. Pienso que Palitos se va a llevar una espeluznante sorpresa.

¡No tenía idea del susto que nos íbamos a llevar todos!

21

Agarré con fuerza el brazo de Mark con ambas manos y lo conduje al maizal. La luna brillante nos cubría con su blanca luz. Los altos tallos de maíz temblaban con la suave brisa.

Mark se parecía mucho a un espantapájaros, era atemorizante. La paja salía por el cuello y las mangas de su abrigo. El enorme y viejo abrigo le quedaba flojo y colgaba de sus hombros, casi hasta las rodillas.

Entramos en el cultivo. Nuestros tenis crujían sobre la tierra seca, mientras bordeábamos una angosta era.

Los tallos nos sobrepasaban la cabeza. La brisa los hacía inclinarse sobre nosotros, como tratando de encerrarnos.

Se me salió un grito cuando oí un crujido en el suelo.

¿Pisadas?

Mark y yo nos quedamos paralizados. Escuchando.

Los tallos se doblaban con el viento. Producían un fantasmagórico chirrido cada vez que se movían. Las vainas del maíz maduro se meneaban pesadamente.

Criiiic. Criiiic.

Los tallos cambiaban con la dirección del viento, hacia adelante y hacia atrás.

Luego, oímos otra vez el crujido. Un sonido suave. Muy cerca.

—¡Auh!, ¡suéltame! —me dijo Mark al oído. Me di cuenta de que todavía lo tenía fuertemente agarrado del brazo.

Lo solté. Y escuché.

—¿Oyes eso? —le dije pasito—. Ese sonido.

Criiiic, Criiiic.

Los tallos se inclinaban sobre nosotros, cambiando de dirección con el viento. Se rompió una ramita, tan cerca, que casi me trago la lengua.

Contuve la respiración. Mi corazón latía a la carrera.

Otro crujido suave. Observé el suelo tratando de ubicar el ruido.

¡Ah!

Un gran ardilla gris se fue correteando y desapareció entre los tallos.

Solté una carcajada, principalmente de alivio.

—Sólo era una ardilla —dije—. ¿Puedes creerlo? ¡Sólo una ardilla!

Mark dejó salir un largo suspiro de alivio, por debajo del costal.

—Jodie, ¿podemos seguir?—preguntó con impaciencia—. ¡Esta picazón me tiene loco!

Levantó las manos y trató de rascarse la cara, por

encima del costal. Pero rápidamente le halé los brazos hacia abajo.

—Mark, detente. ¡Volverás la paja un desastre!

—Pero siento como si miles de bichos anduvieran lentamente sobre mi rostro —gimió—. Y no puedo ver. No cortaste los huecos de los ojos lo suficientemente grandes.

—Sólo sígueme —murmuré— y deja de quejarte. Quieres asustar a Palitos, ¿verdad?

Mark no respondió. Pero me dejó guiarlo entre el maizal.

De pronto, una sombra negra cayó sobre nuestro camino.

Solté un agudo grito antes de darme cuenta de que era la larga sombra de un espantapájaros.

—¿Cómo está? —dije alcanzándo su mano de paja y estrechándola—. ¿Me presta su sombrero? Alcancé el desmadejado sombrero café, se lo arranqué de la cabeza de costal. Luego, lo puse en la cabeza de costal de Mark y lo halé fuertemente hacia abajo.

—¡Ay. . .! —protestó Mark.

—No quiero que se te caiga —le dije.

—¡Esta comezón nunca se me va a quitar! —lloriqueó Mark.

—¿Me puedes rascar la espalda? ¿Por favor? ¡Me pica!

Froté con fuerza la espalda del viejo abrigo. Voltea —le indiqué. Y lo revisé por última vez.

Excelente. Estaba mejor que los espantapájaros de verdad.

—Quédate aquí mismo —le dije, acomodándolo en un espacio entre dos hileras de maíz.

—Bueno. Ahora, cuando oigas que traigo a Palitos, estira los brazos a los lados. Y no te muevas.

—Ya sé. Ya sé —Mark rezongó—. ¿Crees que no sé actuar como espantapájaros? Mejor apresúrate, ¿bueno?

—Bien —le dije. Me volteé y me fui rápidamente por entre las hileras de tallos de maíz que se movían de un lado a otro. Las hojas secas y la paja chasqueaban debajo de mis tenis.

Respiraba agitadamente cuando llegué a la casa de huéspedes. La entrada estaba oscura. Pero una tenue luz naranja se veía encendida detrás de la persiana. Me paré indecisa en la puerta y escuché. Sólo silencio adentro.

¿Cómo iba a hacer salir a Palitos solo, sin su papá?

No quería asustar a Stanley. Él era bueno con nosotros, nunca intentaría hacernos bromas a Mark ni a mí. y sabía que se asustaría y se preocuparía.

Sólo quería atemorizar a Palitos. Darle una lección. Hacerle entender que no tenía por qué estar en contra de nosotros sólo porque somos de la ciudad.

El viento sacudió mi cabello. Pude oír los tallos crujiendo detrás de mí, en el campo.

Temblé.

Respirando profundamente levanté mi puño para tocar a la puerta.

Pero un ruido detrás de mí me hizo girar.

—¡Ey...! —dije asustada.

Alguien estaba atravesando el prado, medio corriendo, medio tambaleándose. Mis ojos estaban llorosos. No podía ver bien.

¿Era Mark?

Sí. Reconocí el desmadejado sombrero, el oscuro abrigo relleno, que le caía sobre las rodillas.

"¿Qué está haciendo?", me pregunté a mí misma, observándolo mientras se aproximaba.

"¿Por qué me está siguiendo? ¡Va a arruinar toda la broma!"

Mientras se acercaba, levantó su mano de paja como si me señalara.

—Mark... ¿qué es lo que pasa? —dije.

Siguió con su mano de paja estirada, mientras corría.

—¡Mark, vuelve al campo! —dije en voz baja—. No me sigas. ¡Lo vas a arruinar todo! Mark. . .¿qué estás haciendo aquí?

Le hice señas con las dos manos para que se devolviera al maizal.

Pero me ignoró y siguió acercándose, dejando la paja regada, mientras corría.

—Mark, por favor, ¡devuélvete!, ¡devuélvete! —le supliqué.

Pero él se paró en frente y me agarró por los hombros.

Lo miré detenidamente a los negros y fríos ojos pintados... ¡me dí cuenta con horror que no era Mark!

22

Grité y traté de zafarme.

Pero el espantapájaros me tenía agarrada fuertemente.

—Palitos, ¿eres tú? —grité con voz temblorosa.

Nadie respondió.

Observé sus ojos inertes pintados.

Me di cuenta de que no eran ojos humanos los que estaban detrás del costal.

Sus manos de paja me rasguñaban la garganta.

Abrí la boca para gritar.

La puerta de la casa de huéspedes se abrió.

—Palitos... —grité.

Palitos salió a la pequeña escalera de la entrada.

—¡Qué diablos... ! —vociferó.

Saltó los escalones, agarró al espantapájaros por los hombros del abrigo, lo levantó y luego lo tiró al suelo.

El espantapájaros cayó al piso sin hacer ningún ruido. Quedó despatarrado, sobre su espalda, mirándonos sin entender.

—¿Quién... quién es? —grité, frotando los rasguños que me había hecho con sus manos de paja.

Palitos se agachó y haló la cabeza de costal del espantapájaros.

No había nada por debajo. Nada más que paja.

—¡Es. . es, realmente es un espantapájaros! —grité horrorizada.

—¡Pero ... caminaba!

—Te lo advertí —dijo Palitos solemnemente, mirando la oscura figura sin cabeza—. Te lo advertí, Jodie.

—¿Quieres decir que no eras tú? —pregunté—, ¿no eras tú tratando de asustarnos a Mark y a mí?

Palitos negó con la cabeza. Levantó sus ojos negros y me miró.

—Mi padre les dio vida a los espantapájaros —dijo calmadamente—. Utilizó su libro. Gritó unas palabras, y todos cobraron vida.

—¡No! —murmuré, poniéndome las manos en la cara.

—Todos estábamos muy asustados —continuó Palitos—. Especialmente tus abuelos. Le rogaron a papá que recitara las palabras y pusiera a dormir otra vez a los espantapájaros.

—¿Lo hizo? —pregunté.

—Sí —respondió Palitos—, los volvió a dormir. Pero primero, les insistió a los abuelos para que hicieran algunas promesas. Tenían que prometer que nunca se volverían a burlar de él. Y que tenían que hacer lo que él les dijera, de ahora en adelante.

102

Palitos respiró profundo.Observaba la ventana de la casa de huéspedes.

—¿No has visto lo diferentes que son las cosas en la finca? ¿No has notado lo asustados que están tus abuelos?

Asentí con la cabeza, solemnemente.

—Claro que sí.

—Ellos han tratado de darle gusto a papá —continuó—. Han tratado de no causarle disgustos o preocupaciones. Tu abuela sólo prepara sus comidas favoritas. Tu abuelo dejó de narrar cuentos de terror porque a papá no le agradan.

Sacudí la cabeza.

—¿Tanto miedo le tienen a Stanley?

—Tienen miedo de que papá recite las palabras del libro y les vuelva a dar vida a los espantapájaros —dijo Palitos. Pasó saliva—. Sólo hay un problema —murmuró.

—¿Cuál? —pregunté.

—Bueno, no se lo he dicho a papá todavía. Pero... su voz se fue apagando.

—¿Pero qué? —pregunté desesperada.

—Algunos de los espantapájaros todavía están vivos —contestó Palitos—. Algunos nunca se volvieron a dormir.

23

Ambos gritamos cuando la puerta de la casa se abrió.

Asustada, di un salto lejos de la entrada.

Cuando la puerta quedó abierta, se veía un rectángulo de luz naranja. Stanley se paró a la luz. Se asomó, sosteniendo la puerta. Se sorprendió cuando nos vió a Palitos y a mí afuera. Pero después, cuando vió el espantapájaros sin cabeza, en el suelo, sus ojos quedaron desorbitados y dió un alarido.

—¡N-no! —gritó. Señaló al espantapájaros con un dedo tembloroso—. ¡És-este camina! ¡El espantapájaros camina!

—¡No, papá! —gritó Palitos.

Pero Stanley no lo escuchó. Stanley ya se había metido en la casa.

Palitos iba a entrar. Pero Stanley volvió a aparecer en la entrada. Cuando salió vi que cargaba el libro de las supersticiones.

—¡Los espantapájaros caminan! —Stanley aulló—.

¡Tengo que encargarme de esto! ¡Tengo que hacerme cargo de todos ellos ahora!

Tenía ojos de loco. Su cuerpo flaco temblaba completamente. Como loco, empezó a caminar hacia el maizal. Palitos trataba de calmarlo.

—¡No, papá! —Palitos gritó desesperadamente, corriendo detrás de él—. ¡El espantapájaros estaba tirado aquí! ¡Yo lo tiré, papá! ¡No caminó! ¡No caminó!

Stanley siguió caminando con grandes zancadas. No parecía escuchar a Palitos.

—¡Tengo que encargarme de ellos ahora! —declaró Stanley—. Tengo que ser el líder. Los haré cobrar vida a todos, otra vez, y los controlaré.

Se volteó y miró a Palitos, quien corría detrás de él tratando de detenerlo.

—¡Quédate atrás! —gritó Stanley—

¡Quédate atrás, hasta cuando yo lea las palabras! ¡Luego podrás seguir!

—¡Papá, por favor escúchame! —gritó Palitos—. ¡Todos los espantapájaros están dormidos! ¡No los despiertes!

Stanley finalmente se detuvo a unos pocos metros del maizal. Volteó y se quedó mirando a Palitos.

—¿Estás seguro? ¿Seguro de que no están fuera de mi control? ¿Seguro deque no están caminando?

Palitos asintió con la cabeza.

—Sí. Estoy seguro, papá. Estoy absolutamente seguro.

El rostro de Stanley se llenó de confusión. Se quedó

mirando fijamente a Palitos, como si no le creyera.

—¿No tengo que leer las palabras? —preguntó Stanley, confundido, mirando los tallos que se balanceaban—. ¿No tendré que hacerme cargo de ellos?.

—No, papá —contestó Palitos, suavemente—. Todos los espantapájaros están quietos. Olvídate del libro. Los espantapájaros no se están moviendo. Stanley suspiró con alivio. Bajó el libro.

—¿Ninguno de ellos?— preguntó con recelo.

—Ninguno de ellos —respondió Palitos con voz tranquilizadora.

Entonces, Mark, disfrazado de espantapájaros, decidió regresar del maizal, tambaleándose.

24

—¿Dónde has estado? —dijo Mark.

Stanley abrió los ojos y lanzó un estridente grito de terror.

—¡Papá, por favor! —suplicó Palitos.

Era demasiado tarde.

Stanley salió corriendo hacia el maizal, cargando su libro.

—¡Los espantapájaros caminan! ¡Ellos caminan! — gritaba.

Mark tenía metida la cabeza en el costal.

—¿Lo logramos? —preguntó— ¿Se acabó la broma? ¿Qué está sucediendo aquí?

No había tiempo para contestarle.

Palitos se volteó y me miró. Su rostro se llenó de miedo.

—¡Tenemos que detener a papá! —gritó. Y empezó a correr hacia los tallos que se mecían con el viento.

Stanley había desaparecido entre los altos tallos del cultivo.

Mis alergias estaban realmente mal. Me froté los ojos, tratando de ver mejor. Pero, mientras seguía a Palitos, todo era un resplandor opaco en tonos grises y negros.

—¡Auch! —grité al tropezar y caer en un hueco.

Mark, que venía detrás, casi me cae encima. Me ayudó a ponerme de pie. Yo había aterrizado sobre las rodillas, y me dolían.

—¿Qué camino tomaron? —pregunté, respirando con dificultad, tratando de buscarlos entre las oscuras y altas hileras de los tallos del maíz.

—¡No. . .no estoy seguro! —Mark tartamudeó—. ¿Qué está pasando, Jodie? ¡Dime!

—¡Ahora no! —le dije—. Tenemos que detener a Stanley. Tenemos que. . .

La voz de Stanley se oyó fuerte y agitada, que salía de alguna parte cercana. Mark y yo, nos quedamos paralizados al oír las extrañas palabras que decía.

—¿Está leyendo ese extraño libro? —indagó Mark.

Sin responder, me dirigí a donde se oía la voz de Stanley. Era fácil seguirlo. Estaba gritando aquellas palabras a todo pulmón.

"¿Dónde estará Palitos?", me preguntaba.

¿Por qué Palitos no había sido capaz de detener a su padre.

Empujé desesperadamente los altos tallos. Me estaba moviendo a ciegas, mis ojos estaban demasiado llorosos, tenía que empujar los tallos con las dos manos, para abrirme camino.

En un pequeño claro encontré a Palitos y a Stanley. Estaban parados frente a dos espantapájaros que estaban clavados en sus estacas.

Stanley sostenía el libro cerca de su cara, señalando las palabras con el dedo, mientras gritaba.

Palitos seguía paralizado y su rostro tenía una expresión de terror.

¿Acaso las palabras del cántico lo habían paralizado de esa manera?

Los espantapájaros permanecían erguidos en sus estacas, sus ojos pintados sin vida miraban por debajo de los desmadejados sombreros negros.

Mark y yo llegamos al claro justo cuando terminó su cántico. Cerró de un golpe el gran libro, y lo metió debajo de uno de sus brazos.

—¡Ahora van a caminar! —gritó Stanley emocionado—. ¡Volverán a cobrar vida!

De pronto, Palitos pareció cobrar vida otra vez. Parpadeó varias veces y sacudió su cabeza con fuerza, como si tratara de despejarla.

Todos nos quedamos mirando a los dos espantapájaros.

Ellos nos miraban, con sus ojos muertos, inmóviles.

Las nubes se alejaron de la luna. La sombra que cubría el maizal se desvaneció.

Yo miraba la tenue y misteriosa luz.

Nos cubrió un profundo silencio. Lo único que podía oír, era la respiración entrecortada de Stanley, mientras esperaba que su cántico funcionara, haciendo que los espantapájaros cobraran vida.

No sé cuánto tiempo permanecimos allá, ninguno de nosotros movió un músculo, observando los espantapájaros. Observando. Observando.

—No funcionó —se quejó finalmente Stanley. Su tono era bajo y triste—. Cometí algún error. El canto, no funcionó.

Palitos sonrió. Me miró.

—¡No funcionó!— exclamó Palitos con felicidad.

Cuando, oí el crujir de la paja seca.

Observé los hombros de los espantapájaros que comenzaron a contraerse.

Vi que sus ojos se iluminaron y sus cabezas empezaron a inclinarse hacia adelante.

Se oían más crujidos.

La paja seca crujía mientras ambos se retorcían para zafarse de sus estacas y, en silencio, bajaron al suelo.

25

—¡Vayan y avísenle a sus abuelos! —gritó Palitos—.
¡Rápido! ¡Cuéntenles lo que papá hizo!

Mark y yo dudamos. Miramos a los espantapájaros
estirar sus brazos y torcer sus cabezas de costal, como
si despertaran de un largo sueño.

—¡Jodie, mira! —exclamó Mark, señalando el cultivo.

Grité, cuando vi lo que Mark me mostraba.

Por todo el cultivo los espantapájaros con sus oscuros
abrigos se desperezaban se retorcían, al bajarse de sus
estacas.

Más de una docena de ellos, silenciosamente,
cobraban vida.

—¡Corran! —gritaba Palitos. ¡Avísenle a sus abuelos!

Stanley permanecía paralizado, sosteniendo el libro
con las dos manos. Miraba asombrado, moviendo la
cabeza, disfrutando su triunfo.

El rostro de Palitos reflejaba su terror.

Me dio una fuerte palmada en el hombro.

—¡Corran!

Los espantapájaros movían sus cabezas hacia adelante y hacia atrás, estirando sus brazos de paja. Los crujidos de la paja seca invadieron el aire de la noche.

Me esforcé por retirar mis ojos de ellos. Mark y yo nos dimos vuelta y comenzamos a correr a través del maizal. Abriéndonos camino entre los tallos, agachando la cabeza, corriendo en silencio, muertos de miedo.

Vimos la casa de los abuelos frente a nosotros, en medio de la oscuridad.

Una tenue luz, iluminaba la entrada trasera.

—¡Oye...! —gritó Mark, señalando.

Seguramente los abuelos oyeron nuestros gritos desde el maizal. Nos estaban esperando en el patio trasero.

Se veían débiles y asustados. La abuela se había puesto una bata de baño encima de su camisón. Tenía su corto y rojo cabello amarrado con una pañoleta.

El abuelo se había puesto sus overoles encima de su piyama. Se sostenía con su bastón, sacudiendo la cabeza, mientras Mark y yo nos acercábamos corriendo.

—¡Los espantapájaros...! —exclamé con la respiración entrecortada.

—¡Están caminando! —gritó Mark—. Stanley... él...

—¿Le causaron algún disgusto a Stanley? —preguntó el abuelo, sus ojos espantados—. ¿Quién lo hizo disgustarse? ¡Él nos prometió que no lo volvería a hacer! Nos lo prometió con la condición de que no lo molestáramos.

—¡Fue un accidente! —le dije—. ¡No quisimos hacerlo, de verdad!

—Hemos trabajado tan duro para mantenerlo feliz —dijo la abuela con tristeza. Se mordió el labio inferior—. Tan duro...

—No creí que lo hiciera —intervino el abuelo Kurt, con sus ojos puestos en el maizal—. Pensé que lo habíamos convencido de lo peligroso que era.

—¿Por qué estás vestido así? —le preguntó la abuela a Mark.

Yo estaba tan asustada y alterada, que había olvidado completamente que Mark estaba disfrazado de espantapájaros.

—Mark, ¿te vestiste así para asustar a Stanley? —reclamó la abuela.

—¡No! —gritó Mark—. ¡Se suponía que era una broma! ¡Sólo un chiste!

—Estábamos tratando de asustar a Palitos —les dije—. Pero cuando Stanley vio a Mark, él...

Me quedé sin voz, cuando vi a las oscuras figuras saliendo del cultivo.

Bajo la plateada luz de la luna vi a Stanley y a Palitos. Corrían a toda velocidad, inclinándose hacia adelante al hacerlo. Stanley sostenía el libro frente a sí. Sus zapatos resbalando sobre la yerba mojada.

Detrás de ellos venían los espantapájaros. Se tambaleaban con dificultad.

Tenían estirados sus brazos de paja, hacia adelante,

como si trataran de agarrar a Stanley y a Palitos. Los espantapájaros tenían sus redondos ojos en blanco, y brillaban a la luz de la luna.

Tambaleándose, dando volteretas y cayéndose, venían detrás de Stanley y de Palitos. Una docena de figuras que se retorcían, con abrigos y sombreros negros. Dejaban montones de paja regada en el camino, mientras seguían adelante con dificultad.

La abuela Miriam me agarró el brazo y me lo apretó aterrorizada. Su mano estaba tan fría como el hielo.

Vimos a Stanley caer, y luego levantarse. Palitos lo ayudó, ambos corrían despavoridos hacia nosotros.

Los silenciosos espantapájaros se tambaleaban, más cerca. Más cerca.

—¡Ayúdennos… por favor! —Stanley vociferó.

—¿Qué podemos hacer? —oí al abuelo Kurt murmurar con tristeza.

26

Los cuatro nos apiñamos, observando indefensos cómo los espantapájaros seguían su camino, persiguiendo a Stanley y a Palitos a través del césped iluminado por la luna.

La abuela se sostenía de mi brazo. El abuelo, inclinado pesadamente, agarraba con fuerza su bastón.

—¡No quieren obedecer! —Stanley gritó jadeando. Se paró frente a nosotros, sosteniendo el libro en una mano.

Su pecho se inflaba y se desinflaba, luchando por tomar aliento. A pesar de que la noche estaba fresca, el sudor corría por su frente.

—¡No quieren obedecer! ¡Tienen que hacerme caso! ¡Lo dice el libro! —gritó Stanley, agitando el libro desesperadamente en el aire.

Palitos se paró junto a su papá. Volteó para mirar a los espantapájaros acercándose.

—¿Qué vas a hacer? —le preguntó a su padre—. ¡Tienes que hacer algo!

—¡Están vivos! —chilló Stanley.— ¡Vivos!

—¿Qué dice el libro? —preguntó el abuelo.

—¡Están vivos! ¡Están vivos! —repitió Stanley, con ojos espantados.

—¡Stanley, escúchame! —gritó el abuelo.

Agarró a Stanley de los hombros y lo puso frente a sí.

—Stanley, ¿qué dice el libro? ¿Cómo los vas a controlar?

—Vivos —murmuró Stanley, sus ojos daban vueltas—. ¡Todos están vivos!

—Stanley, según el libro, ¿qué debes hacer? —exigió el abuelo una vez más.

—No... no sé —contestó Stanley.

—Volvimos nuestros rostros hacia los espantapájaros. Se acercaban. Haciendo una fila mientras se acercaban tambaleándose. Sus brazos estirados hacia adelante, amenazantes, como preparándose para atraparnos.

La paja se les salía por las mangas, se les escurría por debajo de los abrigos.

Pero continuaban, tambaleándose, en nuestra dirección. Más cerca. Más cerca.

Sus ojos negros pintados, miraban derecho hacia adelante. Se acercaban perversos hacia nosotros.

—¡Deténganse! —Stanley dió un alarido, levantando el libro por encima de su cabeza—. ¡Les ordeno que se detengan!

Los espantapájaros se acercaban, a bandazos, lentamente, sin parar, hacia adelante.

—¡Basta! —Stanley gritó con voz fuerte y temerosa.

—¡Yo los hice vivir! ¡Me pertenecen! ¡Son míos! ¡Les ordeno! ¡Les ordeno que paren!

Sus ojos inertes nos miraban fijamente. Los brazos tiesos estirados hacia adelante. Los espantapájaros se acercaban. Se acercaban.

—¡Basta! ¡Dije que se detengan! —chilló Stanley.

Mark estaba a mi lado muy cerca. Detrás de su máscara de costal pude ver sus ojos. Ojos de terror.

Ignorando las atemorizadas súplicas de Stanley, los espantapájaros se arrastraban más cerca. Más cerca.

Entonces, hice algo que cambió por completo la noche.

Estornudé.

27

Mark estaba tan aterrado de mi repentino y sonoro estornudo, que largó un corto grito, dio un brinco y se alejó de mí.

Para mi sorpresa, todos los espantapájaros dejaron de moverse hacia adelante, y también saltaron para atrás.

—¡Ja! —grité—. ¿Qué está sucediendo aquí?

Parecía que los espantapájaros habían seguido el ejemplo de Mark.

—¡Mark, rápido, levanta tu mano derecha! —grité.

—Mark me miró a través del costal. Pude ver la confusión que expresaban sus ojos. Pero él, muy obediente, levantó su mano derecha por encima de la cabeza.

¡Y todos los espantapájaros levantaron sus manos derechas!

—¡Mark, ellos te están imitando! —gritó la abuela Miriam.

Mark levantó las dos manos.

Los espantapájaros también. Oí los crujidos de la paja cuando subían los brazos. Mark inclinó la cabeza a la izquierda. Los espantapájaros inclinaron sus cabezas a la izquierda.

Mark se dejó caer de rodillas. Los espantapájaros hicieron lo mismo, esclavos de cada movimiento de mi hermano.

—Ellos, ellos creen que tú eres uno de ellos —susurró el abuelo.

—¡Creen que eres su líder! —gritó Stanley, observando boquiabierto a los espantapájaros postrados en el suelo.

—Pero, ¿cómo hago para que vuelvan a sus estacas? —preguntó Mark emocionado—. ¿Cómo hago para que vuelvan a ser espantapájaros?

—¡Papá, busca el cántico preciso! —gritó Palitos—. ¡Busca las palabras correctas! ¡Haz que se duerman otra vez!

Stanley se rascó su oscuro y corto cabello.

—¡Es... estoy tan asustado!— confesó con tristeza. Luego, tuve una idea.

—Mark... —le dije al oído—. Quítate la cabeza.

—¿Mmm? —Me miró a través de su máscara de costal.

—Quítate tu cabeza de espantapájaros —le solicité, hablándole todavía en voz baja.

—Pero, ¿por qué? —reclamó. Agitó sus manos en el aire. Los espantapájaros obedientemente ondearon sus manos de paja en el aire. Todos me miraban esperando alguna explicación.

—Si te quitas la cabeza de espantapájaros —le dije a Mark—, entonces ellos se arrancarán sus cabezas y morirán.

Mark dudó.

—¿Mmm? ¿Tú crees?

—Vale la pena intentarlo —dijo el abuelo Kurt con insistencia.

—¡Rápido Mark! —gritó Palitos.

Mark vaciló por un segundo. Luego, dio unos pasos hacia adelante, a unas pulgadas de los espantapájaros que vestían sus oscuros abrigos.

—¡Rápido! —Palitos reiteró.

Mark agarró la punta del costal con ambas manos.

—Espero que funcione— murmuró. Luego, la haló de un golpe y la tiró lejos.

28

Los espantapájaros dejaron de moverse. Se quedaron quietos como estatuas cuando vieron a Mark quitarse la cabeza de espantapájaros.

Mark los miró, sosteniendo el costal entre las manos. Su cabello estaba enmarañado y mojado. Le escurría el sudor.

Los espantapájaros vacilaron un rato más.

Un largo silencio.

Contuve la respiración. Mi corazón palpitaba rápidamente.

Luego, grité de alegría cuando los espantapájaros levantaron sus manos de paja, ¡y se arrancaron las cabezas!

Los oscuros sombreros y las cabezas de costal cayeron silenciosamente al pasto.

Nadie se movía. Estábamos esperando que los espantapájaros se derrumbaran.

Esperando que los espantapájaros sin cabezas se vinieran a tierra.

Pero no caían.

121

Al contrario, alzaron los brazos y se acercaban, erguidos y amenazantes.

—¡No... nos van a agarrar! —gritó Stanley con voz fuerte y temblorosa.

—¡Mark, haz algo! —grité dándole empellones, hacia adelante—. Haz que se paren en un pie o que brinquen. ¡Detenlos!

Las figuras sin cabezas se arrastraban hacia nosotros, con los brazos extendidos.

Mark dio unos pasos hacia adelante. Levantó las dos manos por encima de su cabeza.

Los espantapájaros no se detuvieron, no lo imitaron.

—¡Oigan, manos arriba! —gritó Mark desesperadamente. Ondeó las manos por encima de su cabeza.

Los espantapájaros avanzaban con cautela, en silencio y decididamente.

—¡E... ellos no me están haciendo caso! —se lamentó Mark— ¡No me están imitando!

—Tú ya no pareces un espantapájaros —agregó la abuela Miriam—. No creen que tú seas su líder.

Se acercaban, arrastrándose a ciegas. Más cerca. Formaron un impenetrable círculo a nuestro alrededor.

Uno de los espantapájaros me puso su mano de paja en mi mejilla.

Lancé un aterrorizado grito.

—¡Nooooooo!

Me agarró la garganta, rasguñando mi cara, rasguñando, rasguñando.

Los espantapájaros descabezados se abalanzaron sobre Mark. Él repartía puños y patadas. Pero lo estaban asfixiando, forzándolo a tenderse en el suelo.

Mis abuelos gritaron sin poder hacer nada, cuando aquellas figuras de abrigos oscuros los rodearon. Stanley dejó salir un grito ahogado.

—¡Palitos, ayúdame! —grité cuando las manos de paja me envolvieron el cuello—. ¿Palitos? ¿Palitos?

Miré frenéticamente a mi alrededor.

—¿Palitos? ¡Ayúdame! ¡Por favor! ¿Dónde estás?

Luego, me di cuenta con horror que Palitos se había ido.

29

—¿Palitos? —dejé escapar un último grito sordo.

Las manos de paja me envolvían la garganta. El espantapájaros se abalanzó sobre mí. Mi cara quedó aprisionada entre la seca paja de su pecho. Traté de liberarme. Pero me sujetaba, rodeándome, asfixiándome.

La paja tenía un olor agrio. A podrido. Me sentí mal. Me invadió una sensación de náusea.

—¡Suéltala! ¡Suéltala! —oí que Stanley imploraba. El espantapájaros era demasiado fuerte.

Me rodeó tenazmente con sus brazos, ahogándome con su asquerosa paja.

Hice el último intento por zafarme. Luchando con todas mis fuerzas, levanté la cabeza.

Y vi dos bolas de fuego. Relámpagos de luz naranja.

Se acercaban flotando.

En medio de la luz naranja, vi el rostro de Palitos, serio y decidido.

Di otro duro jalón. Y caí de espaldas.

—¡Palitos! —grité.

Venía cargando dos antorchas encendidas. Me di cuenta de que eran las antorchas del granero.

—¡Las tenía guardadas para una emergencia como ésta! —gritó Palitos.

Los espantapájaros percibieron el peligro.

Nos soltaron, tratando de huir como pudieran.

Pero Palitos caminaba con rapidez.

Movía las antorchas, moviéndolas como bates de béisbol.

El fuego alcanzó a uno de los espantapájaros. Luego a otro.

Palitos esgrimió la antorcha otra vez.

El fuego crepitaba. Un rayo de luz naranja en la oscuridad.

La paja seca empezó a arder. Los viejos abrigos se incendiaron rápidamente.

Los espantapájaros se contorsionaban al tiempo que las llamas danzaban sobre ellos. Caían al suelo de espaldas. Ardiendo. Incendiándose en silencio y con rapidez.

Retrocedí un paso, mirando con horror y fascinación.

El abuelo abrazaba a la abuela Miriam. Estaban recostados uno contra el otro y sus ojos reflejaban las titilantes llamas.

Stanley permanecía tenso, con los ojos bien abiertos. Tenía el libro agarrado contra su pecho. Murmuraba para sí, pero no pude descifrar las palabras.

Mark y yo estábamos junto a Palitos, que sostenía una antorcha en cada mano, con los ojos entrecerrados, observando a los espatapájaros quemarse.

En segundos no quedó nada aparte de los montones de ceniza en el suelo.

—Se acabó —murmuró la abuela Miriam suavemente, con gratitud.

—Nunca más —oí que Stanley decía entre dientes.

La casa estaba en calma la siguiente tarde.

Mark estaba afuera en el cobertizo, tirado en la hamaca, leyendo una pila de historietas. El abuelo Kurt y la abuela Miriam se habían ido a dormir la siesta. Palitos había ido al pueblo, a recoger la correspondencia.

Stanley estaba sentado a la mesa de la cocina, leyendo su libro de supersticiones. Movía su dedo sobre la página, al tiempo que decía las palabras en voz baja.

—Nunca más —había repetido durante el almuerzo—. Aprendí mi lección sobre este libro. Jamás volveré a intentar darles vida a los espantapájaros. ¡Ni siquiera leeré otra vez esa parte de los espantapájaros!

Nos pusimos felices al oír eso.

Ahora, en esta perezosa y pacífica tarde, Stanley sentado en la mesa, leía tranquilamente algún capítulo de su gran libro.

Me senté sola en el sofá de la sala, escuchando los suaves murmullos de Stanley desde la cocina, pensando en la noche anterior.

Me sentí bien de tener una tarde calmada, sola, para pensar en lo que había pasado.

Completamente sola...

La única en la sala...

La única que escuchaba a Stanley leyendo en voz baja, entre dientes.

La única que pudo ver parpadear al gigantesco oso café.

La única que lo vio lamerse los labios, empezar a bajarse de su plataforma, gruñir y sacudir sus enormes garras.

La única que oyó crujir su estómago mientras me observaba.

La única que vio su rostro hambriento como si despertara mágicamente de su larga hibernación.

—¿Stanley? —lo llamé en voz alta—. ¿Stanley? ¿Qué capítulo estás leyendo?

Escalofríos

Otros escalofriantes títulos
de R. L. Stine:

Bienvenidos a la casa de la muerte
¡Aléjate del sótano!
Sangre de monstruo
¡Sonríe y muérete!
La maldición de la momia
La noche del muñeco viviente
¡Vólvamonos invisibles!
La noche del muñeco viviente
La niña y el monstruo
El campo de las pesadillas
El fantasma de al lado
¡Cuidado con tus deseos!
El hombre lobo del pantano
¡A mí no me asustas!
Problemas profundos